愛されていますが離婚しましょう

～許嫁夫婦の片恋婚～

m a r m a l a d e b u n k o

マーマレード文庫

愛されていますが離婚しましょう

～許嫁夫婦の片恋婚～

愛されていますが離婚しましょう

～許嫁夫婦の片恋婚～

第一章　突然ですが、お話が

花菖蒲（はなしょうぶ）の葉の位置を微妙に直し、満足気に微笑む。垂直方向に伸びた茎の先端に咲いた紫色の花は艶やかに存在を主張していた。

うん、いい感じ。

定番とはいえ五月にぴったりの花だ。無駄なものがほとんどなく、ガラス張りの殺風景な社長室に文字通り花を添えようと季節感を大事にしてきた。

社長の許可を得て自発的に花を飾りはじめたところ、来客者に評判がよく今ではすっかりルーティンワークのひとつになっている。

中には毎回、感想をくださるほど楽しみにしている方もいらっしゃるので、季節の花や美しく花を活けるための勉強などにも力が入った。やるからには下手な真似はできない。

年齢、国籍を問わず様々な人たちがここを訪れるが、すべてにおいて共通しているのは皆、それ相応の地位と身分の持ち主だということ。

内装や調度品はどれもシンプルかつ一級品だ。社長室は会社の顔でもある。私が一番この場に不釣り合いだと何度思ったか。小野千鶴（おのちづる）、二十六歳。秘書業務に就いてもう四年になる。

目がぱっちりとしていて小顔だとよく褒められて羨ましがられる一方、本人としては幼さが抜けない顔立ちなのが微妙なコンプレックスになっている。ましてやこういう仕事だと尚更。

それを誤魔化すために仕事中は眼鏡にしている。常に清潔感を第一に、黒に近い茶色の髪はいつも丁寧にまとめ上げ、メイクも派手すぎずかつ地味になりすぎない程度を心がけている。

濃紺のスーツがメインでスカート丈への気遣いは学生の頃以上だ。でも、そういった類にもうすっかり慣れた。

軽く息を吐いたのと同時に重厚な部屋のドアが開く。

「お疲れさまです、社長」

気配を感じ、私はすぐさま姿勢を正す。この部屋にノックもなく入ってくるのはひとりしかいない。

「まさか三十分も押すとはな」

やれやれといった面持ちで自慢の腕時計を確認する彼は灰谷宏昌（はいたにひろまさ）、三十三歳。

『GrayJT Inc.（Japanese Gray Telecommunication company）』の傘下にある大手通信会社『ウルスラ』の社長だ。

GrayJT Inc. は本社をアメリカに置く世界有数の情報通信会社だ。社長の曽祖父である灰谷貞夫（さだお）氏が小さな電話会社を買収し、固定電話や携帯電話の普及と共に徐々に会社を大きくしていった。

投資家だった貞夫氏の精神を受け継ぎ、日進月歩で飛躍的に情報化が進んでいく世の中で、歴代の社長はそのときどきに合わせ、業務内容を変容させていき事業を拡大していったのだという。

インターネット接続やデータ通信をはじめ、情報通信システムに関わるビジネスソリューションの提供などを皮切りに、得た利益で積極的に多岐にわたる業種・業務に参入していった結果、今やいくつもの企業を傘下に収める大規模なグループ会社となっている。彼はその後継者にあたるのだ。

仕立てのいい外国製の高級スーツのきっちりした着こなしは、欧米人にも見劣りしない身長と、ほどよく引き締まった体つきに起因する。

ワックスで黒髪をきっちりと上げているのは年齢というよりもそれなりの威厳を見せるためらしい。

温和で威圧感を与えない印象の裏で、相手にノーと言わせない話術と知識量は彼の大きな武器だ。整った顔立ちの彼はどこにいても人目を引く。

長い指がネクタイの結び目にかかり、わずかに緩める仕草だけで絵になる。

「想定内です。次の会合までまだ時間は十分にありますから」

フォローして、私はコーヒーを淹れようと体の向きを変える。

「結果を聞かないのか？」

しかし、不意に尋ねられ一瞬足を止めた。今日は来年開局予定のラジオ局との交渉の予定が入っていた。うちと他社のどちらの情報システムを使うかで迷っているとの前段階で、予算的に他社にだいぶ心を決めているという話だった。

確かに社長秘書なら交渉の結果を一番に確認するところだ。でも私には必要ない。

長年の付き合いから、社長の表情が読める。彼を見れば一目瞭然だ。

「聞かなくてもわかります。その様子なら上手くいったみたいですね」

笑顔で答えると彼も柔らかく微笑んだ。私の回答が当たっていたからか、交渉の結果に満足しているからか、彼の顔は自信に満ち溢れている。

「もちろん。上手くいかないわけがないさ」

私は安堵してコーヒーの準備に戻る。

上手くいったのならよかった。秘書としても、個人的にもそう思う。懸念事項はひとつなくなり、これで心置きなく……とまではいかなくても、私も伝えたかった話をやっと切り出せる。

あらかじめいつもの配合でミルクと砂糖を入れたコーヒーを静かにデスクに置く。

彼はすでにモニター画面と睨めっこし、次の大きなプロジェクト案件について頭を巡らせているようだ。

とくに反応は期待していない。ただ今日はどうしても言わなくてはならないことがある。

「あの、お話があるんですが構いませんか？」

おずおずと話しかけると彼は視線をこちらに寄越した。切れ長の目が私を捉える。

「どうした？　そういえば今日は午後から休みだったか」

「はい。松田（まつだ）さんが間もなくいらっしゃるかと」

松田さんは、前社長の秘書もされていたベテランの男性で、私も彼から教わることは多い。忙しい社長をサポートするべく秘書は三人体制を取っていて、午後から半休を取る私の代わりに松田さんがやってくる。

だから、その前にこれを渡して言わなければ。

パソコン画面に彼の視線が戻る寸前で、私はスーツのポケットにしまっておいた白い封筒を取り出す。

「これを受け取ってください」

まるでラブレターを渡して告白するような勢いだ。心臓がバクバクと激しく打ちつけるのを顔に出さないよう努める。

不可解な面持ちで封筒を受け取った社長だが、封筒の表面に大きく書かれた文字に気づいた瞬間、さすがの彼も大きく目を見開いて、その文字をまじまじと見つめた。

「……なんの冗談だ？」

珍しく社長からの反応に間があった。無理もない。封筒にはわざわざ筆ペンを使い、これでもかというほど丁寧な文字で【退職願】と書いたのだから。

「冗談だと思うなら中身を確認してください」

「……辞めてどうする？」

「どうしましょう？」

私はわざとおどけてみせた。彼は怒るというより狐につままれたような顔をしている。

「なにか業務内容に不満でもあるのか？　それとも仕事量が？」

「いいえ。勤務時間も休みも適正ですし、とてもやりがいを感じていますよ」

社長が雇い主として挙げたのはまっとうな退職内容だ。けれど仕事自体は好きで、お給料にも待遇にもなんら不満はない。

「……どこか体調が？」

「至って健康です」

打てば響くレスポンスは仕事の基本だ。しかし私の回答に納得できないらしく、社長の表情は渋くなる。

「なら、どうした？……家庭に入りたいのか？」

「それは、ありえません」

語気をやや強め今回もすかさず返答する。雰囲気か、言い方が引っかかったのか相手は訝しげな顔になった。

そしてゆるやかに社長の目線が動き、ある一点で留まると勢いよく立ち上がった。手に持っていた退職願をあっさりと机の上に落とし、今度は空いたその手で素早く私の左手を掴む。

「指輪はどうした!?」

今、気づいたのを早いと思うか、遅いと思うか。私はその質問にはあえて答えず、行儀悪く空いている右手で自分のスーツのポケットを探った。

「あと、もうひとつ構いませんか？」

言いながら取り出したのは、先ほどと同じく封筒で、表にも裏にもなにも書いていない。社長は私の手を離さないまま、器用に片手で封筒から中身を出して内容を確認する。

「嘘だろ」

思わず漏れたのはひとり言だったのかもしれない。続けて彼が確かめるように私の顔を見た。しかし私はとびっきりの笑顔で、これが嘘でも冗談でもないとあえて念押しする。

「いいえ、本気です。別れてほしいんです、旦那さま」

彼に渡したのは、緑色の枠にふたり分の署名を記入する欄がある所定の用紙。ドラマでもよく目にする離婚届に、私は自分の必要箇所だけ書いていた。

妻の氏名欄には【灰谷千鶴】と記入している。職場ではまぎらわしいので旧姓の小野で通しているが半年前に婚姻届が受理され、私は灰谷千鶴になった。

つまり私は社長の秘書でもあり、彼の妻でもあるのだ。

彼の手が力なく離れ、私も自身の腕時計を見遣る。

「仕事とは関係のない用件まですみません。では、私は午後に半休をいただいていますので、これで失礼します」

「千鶴！」

すかさず踵を返そうとすると、声を荒らげた彼が大股でこちらに近寄ってきた。そしてあっという間に距離を縮め、今度は手ではなく私の腕をがっしりと摑む。

「ちょっと待て。どうしたんだ、突然？」

「職場では公私混同しないって話じゃありませんでしたか？」

「それどころじゃないだろう」

そもそも先にプライベートな話をしたのは私だ。私が結婚指輪をはめていないことに彼が気づかなかったら、このタイミングで離婚まで切り出すつもりはなかったのに。

彼の左手の薬指には、今日もきっちり私と同じデザインの結婚指輪がはめられている。

それにしても、こんなふうに感情を激しくあらわにする宏昌さんを見るのはいつぶりだろう。

いつも温和で冷静で、仕事の大きなトラブルに見舞われても、上に立つ者としてけっして動揺は見せなかった。

ちょっと意外……でもないか。

「とにかく理由は？　なにがあった？」

「……わかりませんか？」

急き立てる宏昌さんに私は静かに返す。すると相手は眉間に皺を寄せた。

「わからないから聞いているんだ」

「『人に尋ねる前に、まずは自分で考えて答えを導き出せ』。あなたがよく言う台詞です」

彼が掲げている仕事のスタンスを持ち出せば、宏昌さんは一瞬、言葉に詰まった。

私は笑顔を崩さないまま彼に向き合う。

「わからないなら考えてください。私たち、まだ夫婦なんですから」

「まだってなんだ。まだって。とにかく、どちらも受け取らない」

私は軽く息を吐く。そこで部屋にノック音が響いた。おそらく松田さんだろう。返事をしようとそちらに意識を向けた隙に、腕を引かれ強引に唇が重ねられた。

「絶対に別れない。千鶴を手放してたまるか」

至近距離で宣言され、そっと解放される。ドアの向こうに返事をしたのは宏昌さんで、松田さんがそれを受け恭（うやうや）しく入ってきた。

顔が赤くなったのを悟られたくなくて、手短に秘書としての挨拶を社長と松田さんに済ませると、私はその場を足早に立ち去った。

あんな派手に啖呵を切って……馬鹿だったのかな、私。

宏昌さんとの結婚生活にはなんの不満もなかった。元々数年の交際期間があっての結婚だったので、彼と夫婦になれて私は毎日幸せそのものだった。

仕事では厳しい宏昌さんだが、妻として愛されている実感は十分にある。揺るぎなくそう思えるくらい、言葉でも態度でも示してくれる素敵な旦那さまだ。

それがまさかこんなことになるなんて……。

私服に着替えた私は、まとめ上げていた髪を下ろし、オフィスの三階にあるお気に入りのカフェでまったりとひとりコーヒーを飲んで一息ついていた。

このビル自体が灰谷一族の所有物なのだから、いかに宏昌さんとは住んでいる世界が違うのかがよくわかる。

なに不自由なく育ててもらい、それなりの家庭環境で育ってきた私だが、彼と比べると平凡そのものだ。目立つ経歴もなく特別な家柄でもない。

GrayIT Inc. の総帥は宏昌さんの祖父が務め、宏昌さんはグループ内でも比較的中枢となるこの会社の社長を務めている。父親の和宏氏からその座を譲り受けたのが去年の四月の話。

代表者が代替わりすると、社内の雰囲気や経営などに多少の乱れはありそうなものだが、今のところその気配はまったくなく会社の業績も上々だ。それは宏昌さんの人柄や社長としての手腕がいかんなく発揮されているからだと思う。私は秘書として宏昌さんをサポートしようと必死だった。勤務時間外も会社の経営や業界について勉強し、秘書としての能力も上げるための努力を怠らなかった。

しかしその私が原因で、まさに青天の霹靂だと思われる事態に彼を見舞わせてしまった。罪悪感がないわけじゃない。

カップの中に映る自分をじっと見つめ、口元に運ぶ。いつもなら定番のブラックでいただくところを今日は気分的にミルクたっぷりのカフェラテをチョイスした。

ここのコーヒーは美味しくて店の雰囲気もいいのだが人気店ゆえに人も多く、店内でゆったりできる機会は少ない。おかげで、こうして平日に半休を得たときは、たいてい仕事の帰りにここに立ち寄るのが習慣化している。

順番と空席の関係で四人掛けのテーブルに通されたのは、有り難いようでどこか落ち着かない。

リラックス効果抜群のボサノバ音楽をＢＧＭに、私はもう何度目かわからないため息をついた。うっすらと指輪の跡が残っている左手の薬指を幾度となく確認する。

この指に初めて指輪をはめたとき、慣れないのと照れくささもあって戸惑ったのに、それが今ではしていないことに違和感を覚えるなんて。

「千鶴」

不意に声をかけられ驚きを隠せない。慌てて視線を上げれば、予想外の人物がそこにはいた。

「雅孝（まさたか）さん、わかなさん」

まさに美男美女。私は呆然と彼らの名前を呼ぶ。スーツ姿の男性は、宏昌さんの弟で灰谷雅孝さん。宏昌さんよりよっつ年下で声が似ているので、一瞬驚いた。

GrayJT Inc.の傘下ではあるが、ソフトウェア業をメインとする株式会社コルンバを立ち上げ、社長を務めている。

最近ではＡＩソフトウェアの開発で世界的に注目されている。システム構築から運用までを総合的にコンサルティングするソリューション・サービスの事業に力を入れているんだとか。

外見は宏昌さんの雰囲気とは真逆。落ち着いた色味のアッシュブラウンの髪は毛先を遊ばせ、高級感溢れるスーツを身に纏いつつ、シャツとネクタイでいつもお洒落さと個性を出している。

顔立ちは宏昌さんと同様に端正で、すっと伸びた鼻筋に少し吊り上がった大きな瞳は魅惑的な猫目だ。落ち着いた印象の一方で、やんちゃな少年らしさも見え隠れするのが彼の魅力で、どんな相手の懐にもすっと入っていける技は見習いたい。

雅孝さんは私の前の席に腰かけ、爽やかな笑顔を向けてきた。

「普段は兄貴の頼みなんて面倒で一蹴するんだけど、珍しくあからさまに動揺してたから……」

続けて雅孝さんは「千鶴は兄貴のお姫さまだからなぁ」としみじみ漏らす。その言葉が今は胸に刺さった。どうやら同じビルに会社を置く彼がここにいるのは宏昌さんの指示らしい。

私はいつも通りこのカフェにやってきたのを少しだけ後悔した。確かに平日の午後に、宏昌さん同様忙しい雅孝さんが偶然このカフェにいるのも不自然だ。

雅孝さんと一緒にいた、彼の妻であるわかなさんが、両手に持っていたカップのひとつを雅孝さんの前に置いた。それを手に取り雅孝さんは優雅にカップの縁に口をつける。

そして視線だけこちらに寄越し、その目がゆるやかに弧を描く。

「事情を聞けば、ものすごく面白い展開になっているらしいな。これは放っておけないと思って」

「あんたねぇ」

あからさまに楽しむつもりの雅孝さんを、わかなさんが呆れた顔でたしなめる。

彼女は雅孝さんと同い年で、私と同じく夫である彼の秘書をしている。職場では旧姓で通しているのも共通だ。

わかなさんは私の横に座り、ぐっと距離を縮めてきた。

ほのかに香る甘い香りは、強すぎずけっして嫌な感じがしない。グレーのテーラードジャケットに白いインナーと足首の見えるパンツスタイルは、派手さはないのに洗練された大人の女性の魅力を感じる。

長くウェーブのかかった髪は艶があって、彼女の動きに合わせて髪先が揺れた。続けて、オレンジ系のリップが塗られた彼女の唇がゆっくりと動く。

「心配しなくても、私は千鶴ちゃんの味方だからね。宏昌さんはもちろん、雅孝よりも！」

「相変わらずお前も千鶴に甘いな」

きっぱりとした物言いのわかなさんに雅孝さんがすかさずツッコミを入れた。ばっちりと化粧が施された顔は真剣そのものだ。わかなさんは雅孝さんの発言を無視し、眉尻を微妙に下げた。

「……なにか嫌なことでもあったの？　大丈夫？」

神妙な面持ちで尋ねられ、胸が苦しくなる。そして続けざまに質問をしてもいいのか、聞くべきではないのか、自分の中で意見がせめぎ合う。

「おふたりは……ご存知だったんですか？」

しかし結局私は、おずおずと切り出した。

「宏昌さんが私と結婚した……本当の理由を」

私の問いかけに雅孝さんとわかなさんは大きく目を見開き、お互いに顔を見合わせた。聡いふたりなので、この質問でこちらの言いたいことのおおよそが伝わったらしい。

「千鶴ちゃん、もしかして……」

私は真っ白な陶器のカップを両手でぎゅっと握った。

私と宏昌さんが出会ったのはもう十年も前になる。祖父同士が知り合いなのをきっかけに交流が生まれ、最終的に私から告白して彼が応えてくれた。

結婚前提の交際を経て、今年の初めに入籍。公私共に充実している日々を送っていた。だから今更疑いもしなかった、私と宏昌さんは恋愛結婚をしたんだって。

　そこに誰かの意思が絡んでいるとは微塵も思っていなかった……ついこの間までは。

「宏昌さんが私と結婚したのは……おじいさまの指示、だったんですよね」

　核心に触れるのが怖い。でも教えてほしい。今この状況には、半信半疑という言葉がぴったりだ。

　否定されるのを心のどこかで期待していたが、わかなさんは綺麗な顔を歪め、雅孝さんはわざとらしく天を仰ぎ見ている。

　その反応で確信に変わる。やっぱり、そうなんだ。

「千鶴ちゃん、それはね」

「わかな」

　雅孝さんの静かな呼びかけにわかなさんは口をつぐんだ。そして雅孝さんは私をじっと見つめる。

「誰になにを聞いたんだ？」

　私はぽつぽつと先日、祖母のお見舞いに行ったときのことを話しはじめる。

　今日みたいに午後に半休を取り、入院している祖母の元を久々に訪れた。軽度の認知症を患い、話題があっちこっちに飛んだりするが、基本的には明るく朗らかな祖母だ。

『千鶴、元気にしてる？　えーっと、旦那さんも元気かしら？』

いつものように短く近況を報告したときだった。

『それにしてもよかったわね。最初に栄作さんが〝千鶴をおたくの孫の許嫁にしろ〟なんて言い出したときはどうなることかと思ったけれど』

『え？』

唐突に切り出された話に私は耳を疑う。栄作は祖父の名前だが、許嫁ってなんのことなの？

『栄作さんに悪気はないのよ。たぶん冗談だったのかも。でも灰谷さんが本気にしちゃってねぇ。千鶴の気持ちも考えないで！　って私は怒ったのよ。そうしたら灰谷さんが千鶴の気持ちを大事にするから心配しないでくださいって』

なにを言われているのか、言葉一つひとつは理解できるのに内容がまったく頭に入ってこない。祖母が言っている『灰谷さん』は誰を指しているの？

しかし祖母は私の様子などお構いなしにひとりでしゃべり続ける。質問しても答えてもらえず、祖母は自分の調子で話すだけだった。

『でも結果的に灰谷さんのお孫さんと結婚して千鶴が幸せならよかった』

そこで看護師さんが定時の検温と血圧測定にやってきたので、祖母の話は中途半端に終了した。

帰宅する途中、祖母の言葉が何度も頭を過ぎり、私は混乱するばかりだった。

『灰谷さんのお孫さん』から察するに、祖母の話していた灰谷さんは宏昌さんのおじいさまを指しているのだろう。でも、祖父母がなぜ宏昌さんのおじいさまと？

祖母の今の状態では、話を鵜呑みにするのも危険だ。別の記憶が混ざっているのかもしれない。

でも名前も口調もしっかりしていた。なにより私の第六感がこれが事実であると訴えかけてくる。その足で実家に向かい、私は父を問い詰めたのだ。

最初は知らぬ存ぜぬを通していた父だが、ややあって観念し正直に語り出した。

父の祖父、つまり私の曽祖父はアメリカに住んでいたことがあり、そこでGrayJT Inc.の創始者である宏昌さんの曽祖父、貞夫氏と知り合ったんだとか。

正確には、貞夫氏が現地の人間となにかを交渉していた際に、トラブルに見舞われていたところを曽祖父が間に入って取り持つ形で助けたんだという。

感謝の念を抱いた貞夫氏に、曽祖父は名前も名乗らずその場を去ったらしい。そしてGrayJT Inc.を立ち上げた貞夫氏は息子に自分のわかる範囲で曽祖父の情報を伝え、『いつか捜し出して恩を返したい』『彼がいなければGrayJT Inc.もなかったかもしれない』と何度も話して聞かせたそうだ。

結局、存命中に当人同士の再会は叶わなかったが、貞夫氏が亡くなった後に遺志を継いだ宏昌さんのおじいさまは、当時の状況や貞夫氏の行動などから恩人は私の曽祖父ではないかと突き止め、息子である祖父の栄作を見つけ出し、会いに来たのだ。

父親が世話になったこと、本当に感謝していた旨を伝え、是非お礼をしたいと申し出たらしい。

そのとき灰谷氏に孫が三人いて全員男性だと聞いた祖父は『なら孫の千鶴をおたくのお孫さんの誰かと結婚させてほしい』と、とんでもないことを言い放った。

相手がGrayJT Inc.の人間だからという理由ではなく、わざわざお礼を言うために恩人を捜し出した灰谷家の心意気を買ったようだ。

唯一の孫娘である私を祖父は特別に可愛がって心配していた。変な男にもらわれるのならと気軽な気持ちで告げたのを、どうやら宏昌さんのおじいさまが真面目に受け取ったらしい。

『恩人の小野さんの血を引くお嬢さんなら是非』と返され、冗談半分だった祖父は顔を真っ青にして訂正した。

しかし貞夫氏は『けっしてお嬢さんの気持ちをないがしろにはしない』と約束し、宏昌さんに私との結婚を命じたのだ。

貞夫氏の孫は全員男性で、上から宏昌さん、雅孝さん、そして私のひとつ年上になる貴斗（たかと）さんがいる。

孫が三人いるのに、どうして貞夫氏は私の結婚相手として宏昌さんを指名したのか。宏昌さん自身の意思はおそらくなく、貞夫氏の意向なのは目に見えている。

いくら私が恩人の孫とはいえ、彼はGrayJT Inc.の正式な後継者とされる御曹司だ。分不相応にもほどがあるが、そこは父も祖父も事情を知らないらしい。

恩人である私の曽祖父の顔を立てたのか。とにかくこの結婚は祖父同士の勝手な約束と命令で成り立っていたんだ。

私と結婚しなければ、GrayJT Inc.は弟たちのどちらかに継がせるとか条件でも出されたのかな？

ただ籍を入れて結婚さえすればいいという話でもない。恩人の曽孫である私を悲しませたり裏切るような真似などできるわけない。出会ったときから宏昌さんは優しくて、いつも私を大切にしてくれていた。それは十年も前におじいさまから私との結婚を突きつけられていたからなんだ。これが私たちの結婚の真相。

宏昌さんと知り合って交流がはじまったのは、私が高校生の頃で、祖父同士が知り合いだからといった繋がりだった。そのとき、彼はすでにおじいさまに私との結婚を言い渡されていたんだと思う。

そんな事情などまったく気づかないで、自然と彼に惹かれるのに時間はかからず、高校を卒業するときに私から思いきって告白した。

正式に付き合い出したのは私が大学生になってからだ。お互いに結婚も意識していたから、彼の役に立ちたくて同じ職場を希望した。

もちろん宏昌さんをはじめとする灰谷家のコネなどは一切ない。そう自負できるほど、私は彼の隣に立つために努力を怠らず中身も外見も必死で磨いた。

そうやって公私共に宏昌さんのパートナーになれていると思っていたのに。

なにも知らされていない私は、ひとりで大きな勘違いをしていた。

「千鶴を騙すつもりはなかったんだ。ただこの件に関しては兄貴から全員に厳しい箝口令が敷かれていたから……」

打って変わって雅孝さんはばつが悪そうな顔でコーヒーを啜る。わかなさんは綺麗な顔を歪めたままだ。

「もうね、この際だから言うんだけれど……実は私たちの結婚もおじいさまが関係しているの」

雅孝さんが制止しようとする前に、わかなさんは告げた。ふたりも恋愛結婚だと思っていた私はやはり動揺を隠せない。

雅孝さんの表情は、苦々しくなる一方だ。

「じいさんは男は結婚して、家庭を築いてこそ一人前って考え方を譲らないんだよ。会社を経営する者なら社員はもちろん家族も立派に守らなければならないって」

わかなさんと雅孝さんは幼馴染みだと聞いていた。ふたりは事情を知ったうえで結婚したんだ。

でも、おじいさまが決めた結婚だとしてもふたりがお互いに信頼して、気を許し合っているのが伝わってくる。想い合っているのも。

私にとっては理想の夫婦だ。言いたいことを言える対等な関係。今の私と宏昌さんでは、けっしてなれない。

「千鶴ちゃん。今日の午後、お休みを取っていたみたいだけれど、なにか用事があったんじゃない？」

暗く沈みそうになる私にわかなさんが問いかける。私は時計を確認した。

「あ、いえ。代休を消費しないといけなかったので用事自体はないのですが……」

どんなに忙しくても、休みはきちんと取るというのがうちの会社、ひいてはGrayJT Inc. の鉄則だ。福利厚生のあり方をはじめとして、社員をとても大切にしている。

私の返答にわかなさんはにこりと微笑んだ。

「なら、ちょっとデートしましょう。私も半休にするから。いいでしょ？」

最後の台詞は雅孝さんに投げかけたものだ。質問というより確認といった意味合いが強そうなトーンで、雅孝さんはため息にも似た仕草で軽く承諾の返事をした。

当人をよそに話は進んでいく。

「千鶴ちゃんには息抜きが必要よ。友達が経営しているおすすめのサロンがあるから行こう」

「で、ですが」

私の腕をがっちりと掴み、わかなさんが促す。そのまま立ち上がり、ひとまず雅孝さんに挨拶してからカフェを出た。

ここまで強引なわかなさんは珍しい。彼女の綺麗な横顔を見つめていると、不意に視線が交わった。

「雅孝がいたら話しづらいでしょ？　宏昌さんの件、驚くのも無理はないわ」

「わかなさん……」

落ち着いた声色に、彼女がわざと私とふたりになるよう仕向けたのだと悟った。雅孝さんもわかったうえでそうしたんだと思うと、ふたりの気遣いに胸の奥が熱くなる。

おかげで雅孝さんと別れた後、私はさっき聞けなかった質問を彼女にぶつけた。

「わかなさんは、結婚に抵抗はなかったんですか？」

当人同士の気持ちの前に結婚が決まっている事態をどうやって受け入れたんだろう。

「なかった、と言えば嘘になるけど……今は納得しているし、雅孝には感謝しているわ」

そう言うと、わかなさんはすぐにいつもの笑顔を向けてくる。

「私たちの話はいいの。さ、まずはどこかでゆっくり話して、服を見てからサロンの順ね！　予約するから」

「ほ、本当に行くんですか？」

狼狽える私にわかなさんはウインクをひとつ投げかけ「もちろん！」と答えた。

「思いっきり綺麗になって、さらに宏昌さんの度肝を抜かしちゃおう」

子どもみたいな言い方に私は吹き出す。それからわかなさんと会社の外に出た。

今までひとりで溜め込んでいた分、吐き出すようにわかなさんにたくさん話を聞いてもらった。

つっかえている気持ちを上手く引き出し、深刻にならずときどき冗談を交えて私の本音に寄り添って会話を進めていくのは彼女の話術の賜物みたいだ。夫婦そろって頭の回転が速い。

改めて考えると、宏昌さんと結婚していなければ、こうしてわかなさんと知り合って過ごすこともなかったんだ。つくづく縁って不思議だな。

心が少しだけ軽くなり、わかなさん御用達のアパレルブランドショップに向かう。

「千鶴ちゃんには、このワンピースが似合うんじゃない？　たとえば、こっちのモスグリーンとか」

店員さながらにわかなさんが私の服を見繕っていく。勢いに押されつつ質問に答える形で好みを伝えると、ぴったりのものを選んでくれるので、きっとカウンセラーでも販売員でもこなしていけそうな気がした。

その後わかなさんの友人が経営しているヘアサロンに赴き、ここで私は思いきって肩につくかつかないかくらいまで髪を切った。さらに仕事に支障が出ない程度の色合いに髪を染めてみる。

「うん、可愛い！　千鶴ちゃんはそれくらいの長さも似合うのね」

先にヘアトリートメントとネイルアートを終えたわかなさんに絶賛され、気恥ずかしくなる。

久しぶりのイメージチェンジだ。ずっと髪は伸ばしてきて、色も黒を守ってきた。疲れと緊張でふわふわと浮いているような気分になる。サロンを後にしたら太陽はだいぶ西に傾いていた。視線を空から下ろすと、見慣れた車がすぐそばに現れる。続けて運転席の窓が開いて、中の人物が顔を出した。

「お、ずいぶんと印象が変わったな。よく似合ってる」

雅孝さんだった。服を買って荷物もあったからか、おそらくわかなさんが呼んだんだ。こういう卒なく女性を褒めても嫌味っぽさがないのが雅孝さんらしい。

わかなさんと後部座席に乗り込み、薄暗くなった空をぼーっと見つめた。髪が軽くていい香りがする。自分ではないみたい。

「にしても思いきったな。千鶴、あまり髪型とか服装の系統を変えてこなかっただろ？」

「それは……」

バックミラー越しに雅孝さんに指摘され、私は目を瞬かせた。元々秘書をするうえで、童顔なのをひそかに気にしていた。それは本当。

でももっと言えば、宏昌さんの隣に立つ女性として少しでも大人っぽくしたくて、彼の好みに近づきたかった。

その旨をたどたどしく告げると、わかなさんになぜか抱きしめられる。甘い香りと柔らかい感触に同性同士とはいえドキドキしてしまう。

「千鶴ちゃんって健気。普段は冷静な秘書に徹しているのに、このギャップがいいんでしょうね。うん、やっぱり宏昌さんにはもったいない。いいのよ、千鶴ちゃんが望むのなら好きにしても」

「わかな」

珍しく低い声色で雅孝さんが名前を呼ぶと、わかなさんはやれやれと肩をすくめる。

そして一度、会社に戻る彼女を先に送っていく話になった。

「わかなさん、今日はありがとうございました」

別れ際、再度お礼を告げると、わかなさんは穏やかに笑った。

「千鶴ちゃんは大事な妹なんだから。なにかあったらいつでも言ってきなさい。灰谷家の嫁は、夫よりしたたかでいないと」

わかなさんらしい言い回しに笑みがこぼれる。私も彼女みたいに強くなりたいな。

ドアが閉まり、自然と車の中に沈黙が訪れる。「千鶴」と改めて口火を切ったのは雅孝さんの方だった。

「兄貴と本当に別れるつもりなのか？」

まさかの問いかけに、私は頭が真っ白になった。必要以上に慌てて、一度唾液を嚥下する。

「宏昌さんが望むのなら……その覚悟はあります」

きっとおじいさまの条件もあって、宏昌さんが私をどう思っていても、彼は離婚を切り出したりできない。だったら私から言わないと。

離婚を申し出て、彼が驚くことは予想していた。一方で、わずかでもホッとした顔を見せると思っていたのに。

あんなふうに感情的になる宏昌さんを久しぶりに見た。ましてや職場で。

「ってことは、今すぐどうしても別れたいわけじゃないんだな？」

雅孝さんの質問で我に返る。

私はしばし返事に迷い、ややあって小さな声で「はい」と頷く。すると雅孝さんはどこか安堵めいたため息をついた。

「そうか。なら、送っていくのは実家じゃなくてマンションでいいな？」

「え、でも。いいんでしょうか？」

とっさに聞き返す。マンションというのは私と宏昌さんが結婚してから暮らしている住まいだ。退職願に加え離婚届まで突き出してしまった手前、そこに帰るのはなんとも気まずい。

「千鶴が構わないならいいんだよ。兄貴が千鶴のところに俺を寄越したのも、このまま実家に帰ってマンションに戻るつもりがないんじゃないかって心配してのことなんだ」

そこまで考えて手を回していたとは思わず、私は肩を縮めた。

「……宏昌さん、怒ってますよね」

「怒る？　なんでだよ。むしろ兄貴は戦々恐々としてるさ。大事な千鶴を失うかもしれないって」

いつもの茶目っ気はなく、雅孝さんは真面目に返してくる。つられて私も素直に尋ねた。

「それは私との結婚がおじいさまの指示だからですか？」

皮肉ではなく純粋な疑問だった。

ただ結婚すればいいだけじゃない。恩人の曽孫だからと私が幸せな結婚生活を送ることを望まれていた。

現に事実を知るまでこの結婚生活に私は不満らしい不満を抱いた覚えはない。

それは全部、宏昌さんの努力と私への気遣いがあったからで、離婚となればおそらくどんな理由だとしてもおじいさまは納得せず、宏昌さんへの風当たりはきつくなってしまう。

そんなことを望んでいるわけじゃない。けれど……。

雅孝さんは片手をハンドルから離し、前髪をくしゃりと掻き上げた。

「俺は反対したんだ。いつかじいさんの件を千鶴が知ったとき、傷つくことになる。絶対に一波乱起こるから最初から話しておくべきだって」

悔しさが滲む声だった。

見方を変えれば、わかなさんとの結婚にもおじいさまの存在があった雅孝さんには、言い知れぬ葛藤があるのかもしれない。

「でも兄貴は、じいさん同士が結婚の話をしたことを千鶴には伝えず、周りからもけっして漏らさないようにって最初から言ってたんだ」

「……どうして宏昌さんは、話してくれなかったんでしょう」

結婚の背景を知ったら私が反発すると思ったのかな？　そんな決められた結婚なら

しないって言い出すのを恐れて？

『けっしてお嬢さんの気持ちをないがしろにはしない』っておじいさんが言ったのを忠実に守っていてくれたの？

「さぁ？　それは本人に直接聞いてみればいい。ただ、千鶴が怒るのも無理はないし、裏切られたって悲しくなる気持ちもわかる。別れたいって衝動に駆られるのも」

雅孝さんの言葉に私は唇を嚙みしめる。うつむき気味になると、さらりと切りそろえた髪が落ちて、わずかに視界を狭めた。

「……恥ずかしいんです、私」

そこでぽつりと本音が漏れた。言葉にして、ようやくずっと心に張りついていたモヤモヤした感情の名前が判明する。

雅孝さんの言う通り、この結婚の裏にある事情を知ってにわかには信じられずショックだった。

でも落ち着いてから湧き上がってくる思いは、別れたいとかそういうものじゃない。

悲しいとか裏切られたとか、そんな気持ちと共に羞恥心にも似た居た堪れなさに包まれる。

むしろ宏昌さんが私と付き合って結婚した理由が妙に腑に落ちて、それと同時に純粋に愛されて、私自身を求めてもらえていると信じて疑わなかった自分が恥ずかしくなった。

馬鹿みたい。宏昌さんと出会ったとき、私は高校生になったばかりで子どもにしか見られていないのがわかっていても、ずっと彼に片思いしていた。

七つも年下で、立場もまったく違う私を宏昌さんが選ぶとは思ってもみなくて、この恋は諦めるしかないと言い聞かせていた。

ところが、彼は私の告白を受け入れてくれた。子どもだった私は舞い上がるだけでその裏にある事情など微塵も考えなかった。

それを十年も続けて、彼に似合う女性になりたくて、必死にここまできた。大事にされて愛されている。そこに嘘はない。

けれどすべて理由があったんだと知って、顔から火が出そうになる。なにを自惚れていたんだろう。

私自身に価値があったわけじゃない。私が灰谷家の恩人の曽孫で彼の祖父の思惑があったからだ。

叫びたくなる衝動を抑えて悩み続けた結果、私は退職願と離婚届を用意した。

もしも宏昌さんとの関係が、純粋なお互いの気持ちだけで成り立っていなかったのだとしたら、宏昌さんにとって私との結婚が本当は不本意なものだったのなら……なかったことにしてほしい。この十年間、勘違いしていた自分も一緒に。

賢いやり方ではなかったのは理解できる。こんな子どもみたいな行動を取ってどうなるの。

私、こんなに感情的だった？

わかなさんみたいに、自分の中で納得して折り合いをつけられたらいいのに。もしくは宏昌さんに全部ぶつけてみればいい。そのどちらもできない中途半端な自分が情けない。卑屈すぎる思考回路も嫌だ。

「千鶴は今まで兄貴に従順すぎたんだよ」

私のまとまりのない話を聞いていた雅孝さんが不意に口を挟んだ。

「千鶴の気が済むようにやればいい。困らせてやれ。それくらいで済むなら安いもんだ」

気がつけばマンションの来客用駐車スペースに車は停まっていた。

「結婚にじいさんが絡んでいた件に関しては、俺たちも同じだった分、兄貴寄りになるんだよな。この点を持ち出されるとなんとも言えない」

「雅孝さんも色々折り合いをつけて結婚されたんですか？」

なにげなく尋ねると、雅孝さんが勢いよく振り返った。そしていつになく真剣な顔でこちらを見つめる。

「あいつ、なにか言ってたのか？」

あいつというのがわかなさんを指すのだとすぐに気づいた。あまりにも切羽詰まった表情で問われ、ここで私からなにか言ってもいいのかと迷う。

ところが先に結論づけた雅孝さんが軽くかぶりを振った。

「いや、いい。こっちの問題だしな。折り合いといえば、あの貴斗もついにじいさんに言われて結婚するらしい」

「ええ!? 貴斗さんが？」

貴斗さんは、宏昌さんと雅孝さんの弟で三兄弟の中で唯一結婚していない。本人に結婚する気はまったくなく、自他共に認めるほどの仕事人間で他人への関心や執着がないマイペースな性格の持ち主だ。

「あの冷血人間と結婚するなんて……。俺なら全力で逃げ出しているな」

「お相手はどんな方なんでしょう」

失礼ながら苦笑してしまう。貴斗さんは宏昌さんや雅孝さんに比べると、確かに少し冷めた印象がある。けっして悪い人ではないんだけれど。

「どうだろうな。できればあいつの顔や立場だけに惚れ込む相手じゃなければいいが」

なんとなく雅孝さんが兄として、貴斗さんを心配しているのが伝わってきて微笑ましくなった。

貴斗さんも宏昌さんと雅孝さん同様、目を引く顔立ちをしている。GrayJT Inc.の御曹司でもあり、そんな彼らを世の女性たちが放っておくわけがない。

だからおじいさまは、孫たちを早く結婚させようとあれこれ口出ししているのかな。

逆に言えば、貴斗さんが結婚を決めるほどに、おじいさまの影響は強いんだ。

「……だから、本気で嫌なら逃げ出すのも手だぞ」

呟かれた言葉は誰に対してのものだったのか。目が合うと雅孝さんはいつもの余裕のある笑みを浮かべる。

「今はなにも信じられないかもしれないけれど、十年間兄貴が千鶴と一緒にいた時間は本物だ。それだけは忘れないでやってくれ」

「……はい」

優しく諭され、私は頷く。そして今度こそ雅孝さんにお礼を告げ、車から降りた。

時刻は午後六時半過ぎ。

有名建築家が設計したという北欧風のデザイナーズマンションが、私たちの住まいだ。といっても、結婚する前から宏昌さんはここに住んでいて結婚して私が彼の元に引っ越してきた。

付き合っているときに何度か足を運んでいたので少しだけ馴染みはあったものの、住むとなると、改めて緊張した。私と宏昌さんとでは生きてきた世界が違いすぎる。彼と生活を共にする不安と喜びに胸が震えた。

宏昌さんからは、結婚を機に別のところへ引っ越ししようと提案されたが、十分な広さもあり、不便さもとくにないので丁重にお断りした。

『まぁ、引っ越すのは、子どもができてからでも遅くはないか』

さらりと納得した面持ちで告げられ、結婚当初の私は照れて反応に困ってしまった。

宏昌さんには、大学を卒業してすぐに結婚しようと提案されたが、就職して社会人としてある程度の経験を積みたかった私は、それを断った。

そして昨年、宏昌さんがウルスラの代表取締役を父親から引き継ぎ、私も彼の秘書として仕事に慣れてきたこのタイミングで結婚した。

年明けにバタバタと結婚や引っ越しの準備をして、あっという間に半年を迎えようとしている。

まさかこんなにも早く夫婦の危機が訪れるとは思ってもみなかった。原因ははっきりしている。私が爆弾を落としたんだ。

シンプルかつ木の温もりを感じる内装に、暖色系ライトがよくマッチしている。引っ越しの手間云々は置いておき、私自身もここを気に入っていた。

久しぶりに天井や電灯の細かい装飾にまで目を通す。続けてエレベーターを使い、慣れた足取りで部屋の前までたどり着いた途端、私は怖気づいた。

どうしたってあの別れ方から宏昌さんと顔を合わせるのは気まずい。

雅孝さんはああ言ったものの、ここに帰ってきてよかったのかな?

紙袋の紐を持ち直し、ぎこちなくカードキーを使って解錠した後、そっとドアを開けた。

でも、宏昌さんはまだ帰っていないかもしれないし。

「おかえり」

玄関の靴を確認するために視線を落としていると不意に声をかけられた。顔を上げたら腕を組んでこちらをじっと見つめている宏昌さんが目に入る。

会社ではきっちりスーツに身を包んでいた彼だが、今は白地にストライプの入った七分丈ニットと黒のテーパードパンツを着て、すっかりプライベート仕様だ。

「た、ただいま……」

まるで門限を破った子どもみたいに私はおそるおそる返した。このままでいるわけにもいかず、ゆっくりと中に入る。

「髪、切ったんだな」

「はい。変、ですか？」

こんなときでも彼の反応を気にしてしまう自分が憎い。

「いや、よく似合ってる」

わずかに宏昌さんの表情が緩んだので、ホッとして私は荷物を片手にまとめ、靴を脱いだ。彼の横をすり抜けさっさと自室に向かおうとする。

「千鶴」

ところが、名前を呼ばれたのと同時に腕を摑まれ、あっさり壁を背に追い詰められた。背の高い彼が影となって視界が暗くなり、すぐそばにある宏昌さんの顔は珍しく困惑気味だ。

彼は眉根を寄せて、ゆるやかに口を開く。

「あれから……本当に色々と考えた。俺がなにか千鶴の気に障ることをしたのは、わかっている。家でも会社でもずっと一緒にいるのは嫌になったのか？」

会社では絶対に見られない弱々しい口調だった。私は静かに首を横に振る。すると宏昌さんの眉間の皺が深くなった。

「公私混同しないって言って、会社では厳しくしすぎたか？」

「いいえ。その……」

仕事中に話を切り出したからか、退職願まで突きつけたからか、宏昌さんの思考回路はどうしても仕事絡みの方になっている。

さらに、私が本気で離婚したいと思っているのではなく、彼に対する不満が溢れたゆえの行動だと認識されていることに安堵するべきか不服とするべきか。

実際、宏昌さんとの結婚生活は満たされていて幸せそのものだった。仕事では確かに容赦はないが、下手に甘やかされるのは御免だ。私にも仕事に対するプライドはある。それに——。

「本当に……わかりませんか？」

嫌味でも試すつもりでもなく、私は彼を真っすぐに見据えた。

宏昌さんは眉をひそめてガクリと項垂れると、大きく息を吐いてから私を抱きしめる。弾みで持っていた荷物が手を滑り、床に落ちた。そちらを気にする間もなく私は彼の腕の中にすっぽりと収まった。

「悪かった。俺の負けだよ。なにが気に入らなかった？　教えてくれ」

顔は見えずに宏昌さんの低い声が耳元で響く。私は身を固くしつつ極力感情を乗せずに尋ね返した。

「教えたらどうなります？」

答える前に宏昌さんは、おもむろに顔を上げて私のおでこに自身の額を重ねた。頬にそっと大きくて温かい手が触れ、拒めない。

「俺自身に関することなら直すよ。状況なら最善を尽くして改める。千鶴を失うくらいならなんだってする」

会社にいるときには想像がつかないほど、家ではとことん甘い彼にほだされそうになる。

「宏昌さんがどうっていう話ではないんです。私が……」

そこで続きを言い淀む。すると彼がやや顔を強張らせた。

「まさか、他に好きな男でもできたのか？」

「ち、違います！　なんでそうなるんですか！」

宏昌さんの予想に私は瞬時に噛みついた。むしろ今日一番の感情を表してしまい、慌てて押し黙る。

宏昌さんは私の髪先に指を滑らせた。

「髪をこれくらいの長さにしたのは久しぶりだろ？　基本的にずっと伸ばしていたのに突然」

「私はこれくらいの長さが好きなんです！」

宏昌さんの言葉を遮り言い切る。まったくもって心外だ。別の男性のため、なんて。自分のために切る決意をした。

そもそもこうして悩んでいるのも宏昌さんのことが好きだからなのに。

口をへの字にして悶々としていると、宏昌さんの手が頭の上に置かれた。

「そういえば出会ったときも、これくらいの長さだったな」

懐かしむ声色に私の心臓が小さく跳ねる。

そう、元々私はあまり髪を長く伸ばすタイプじゃなかった。そんな私が髪を伸ばしていたのは……。

ちらりと上目遣いに宏昌さんを窺う。すると宏昌さんが私の額に軽くキスを落とした。反応する前に彼が優しく微笑む。

「帰ってきてくれてよかった。千鶴の好きなコンディットライのケーキを買っておいたからデザートに食べよう」

床に落ちている荷物を拾うと宏昌さんはさらりと私の肩を抱いた。

「ひとまず夕飯にしよう。話の続きはそこで」

途中で私は彼の腕から逃げるように身を翻した。

「千鶴？」

「なんで？」

不思議そうな面持ちの宏昌さんに私は小さく呟く。他愛ないケンカならこれであっさり機嫌を直したかもしれない。けれど、今はそんな簡単な状況じゃない。

私は掠れた声で尋ねる。

「なんで私にそこまでするんですか？」

「なんでって」

〝私との結婚をおじいさまに指示されたから？〟〝恩人の曽孫を大事にするよう言われたから？〟

様々な言葉が浮かぶが、唾液と共にすべて飲み込んだ。

この質問は馬鹿げている。たとえそうだとしても、宏昌さんが素直にイエスと答えるはずがない。きっと今みたいに優しく甘い言葉で精いっぱいフォローしてくれる。

なんで、今更こんなことで揺らぐの？ 宏昌さんが、本当は私をどう思っているかわからないなんて。

私は強く奥歯を嚙んだ。そして切れ切れに言葉を紡ぐ。

「宏昌さんが……好きかどうかわからなくなりました」

思いを正確に言語化するのは難しい。本当は「私のことを」と入れるべきだった。乱れて複雑な心情を伝えたいようで誤魔化したい。相反する気持ちを私はこんな回答でしか返せなかった。

国語の問題なら間違いなく不正解だ。ただ、今の彼は先生でもなく解答も知らない。宏昌さんは大きな瞳を丸くし、言葉を失っていた。

※　※　※

宏昌さんと出会ったのは、私が高校一年生のとき。私の父はGrayIT Inc. のグループ会社に勤めていて、そこそこいい役職に就いていた。海外勤務などもあり、それについていく形で母と私と弟は外国暮らしも経験した。

そして数年の海外勤務を経て帰国した父は日本の会社で腰を据えることになり、私たち家族の生活も落ち着いたのだ。

その年、会社の恒例行事として年に一度、社員家族を招いての大規模なパーティーが行われるとのことで、父の顔を立てるためにも私たち家族は参加した。

GrayJT Inc. の傘下にある高級ホテルの一番広いホールを貸し切って開催され、会場内は煌びやかな世界が広がっていた。

料理も内装もサービスもどれも一流で、私の年齢でこんな体験をするのは貴重だった。その反面、子どもの立場からすると、父の職場関係というのは退屈でしかない。

母は父に付き添って職場の関係者に挨拶回りをし、私と三つ年下の弟はとくにすることもなく暇を持て余していた。

ところが弟は同じ学校の友人を発見し、あっさりとそちらに行ってしまった。残された私はひとりで過ごすしかない。

寂しいと思うほど子どもでもないし、この空間を自分なりに楽しめるほど大人でもない。

結局ホールの外に出て、ロビーのソファの隅っこに腰を下ろした私は、持ってきていたバッグから小さな本を取り出そうとした。

「平気？　気分でも悪いのかい？」

不意に優しく尋ねられ、私の心臓が跳ね上がる。慌てて声の主を確認すれば、私はさらに驚くはめになった。

灰谷宏昌――。

初対面でも顔と名前は知っている。このパーティーの最初にも紹介されていたGrayJT Inc.のグループ総帥の孫で三人兄弟の一番上。

彼のお父さんしかり、ゆくゆくはおそらく彼がGrayJT Inc.を継ぐことになるだろうと、父からも遠巻きに教えてもらっていた。

外国暮らしで背が高くモデルさながらの人はたくさん見てきたけれど、彼もけっして見劣りしない。タイトなラインのスーツはビジネス向きでもありつつストライプのシャツとネクタイを青でそろえ、遊び心も醸し出している。

端正な顔立ちは彼の立場を差し引いても注目を浴びていた。

天は二物を与えずって嘘なんだ。

壇上で挨拶をする彼に、そんな感想を抱いていた。そして今、私にとってはある意味芸能人よりも遠い存在の人が、なぜか自分の目の前にいる。

パニックになりそうなのを抑え、私の脳裏に父の立場上、けっして粗相は許されないと緊張が走った。すぐさま立ち上がり、父の名前と会社を告げて頭を下げる。

「いつもお世話になっています」

やや早口になると背の高い彼は困惑気味に微笑む。

「こちらこそ、お父さんにはお世話になっているよ。で、君の名前は？」

そこで私は自分の名前を名乗っていないと気づく。これはこれで失礼だ。

「あっ、小野千鶴です」

「いくつ？」

「十六歳になります」

「若いなぁ」

しみじみと呟かれ、なんだか恥ずかしくなる。大人の彼にとって高校生になったばかりの私は若いというより幼いといった感じだろう。その言葉にどう反応すればいいのかわからない。

今日の私は、薄いブライトピンクのシフォン生地のドレスを着用している。甘すぎない色味にAラインのシルエットを気に入って選んだ。

ドレスに合わせたアクセサリーも身に着け、髪もセットしていつもよりずっとお洒落をしている。ただ、大人っぽいと思っていた自己評価は彼を前にすると呆気なく崩れ去った。

この居心地の悪さはなんなのか。心臓がバクバクと激しく音を立て脈打つ一方で、まともに彼の顔が見られない。

「それ、なんの本？」

話題に困っていると、彼からなにげなく質問を振られた。沈黙を気にしてのフォローだったのかもしれない。なんであれ、私は正直に答える。

「国語の参考書です。その、こっちでの授業についていくのが難しくて……」

もごもごと言い訳が口を衝いて出た。

父の仕事の都合で数年ぶりに帰国したタイミングで入学した高校は、それなりにレベルも高い進学校で、授業の進み具合も速い。

いずれ帰国するのはわかっていた話だったので、現地の補習校には通っていたものの、やはり国語の授業というのは特別だった。

学校生活自体は楽しいけれど、だからこそ後れを取るわけにはいかない。

「そうやって隙間時間さえ使って一生懸命勉強しているんだ」

私の事情を知ったうえで、納得した面持ちの彼に頷く。

「はい。でも国語って自主学習だけで実力をつけるのは意外と大変ですね」

漢字や文法などは覚えて応用すれば済むけれど、読解問題は数をこなしていくしかない。

「頑張っているんだね」

穏やかに告げられ、微妙な焦りが愚痴めいたものに聞こえたかと不安になる。まるで子どもだ。

「宏昌くん」

なにかフォローするべきなのかと迷っていたら別の声が割って入る。凛とした女性が彼に歩み寄ってきた。どうやら彼を呼びにきたらしい。

艶やかな赤色のドレスは彼女の体のラインを綺麗に魅せ、彼の隣に立ってもまったく引けを取らず、むしろお似合いだった。

同年代で親しげなのが伝わってきて、なにをされたわけでもないのに胸がズキズキと痛む。

「お時間取らせてすみません、失礼します」

謝る必要はないし、わざわざ声をかけなくてもよかったのかもしれない。彼がなにか言いたげな表情を見せたが、私はさっさと参考書をバッグにしまうと逃げるようにその場を去った。

どうして苦しいんだろう。わからない。ちっぽけなプライドを傷つけられた気がして？　でもそのプライドってなにに対しての？

混乱する頭を抱えて、それ以降のパーティーの記憶はほとんどない。

宏昌さんとはそれっきり……と思っていたのに、パーティーから半月後、予想だにしない事態が私を待ち受けていた。

「おかえり、千鶴ちゃん」

学校から帰宅すると、珍しく父が来客を伴って家にいた。そして相手に挨拶され、セーラー服姿のまま私の頭は真っ白になる。

もう二度と会わないと思っていた灰谷宏昌さんが、人のいい笑みを浮かべて私の前に立っていた。

パーティーのときはスーツを着ていたが、今は襟付きの白いシャツに深緑のカーディガン、黒のチノパンツと年相応なコーディネートで上品にまとめてある。

どっちみち顔とスタイルのいい人間はなにを着ても映える。

「あの、どうして……」

「実は、うちの祖父と千鶴ちゃんのおじいさんが知り合いだったんだ。もっと言えば曽祖父の頃から繋がりがあってね」

なんでも父の父、つまり私の祖父とGrayJT Inc. の総帥である彼の祖父は旧知の仲だったらしい。

彼は先に知っていたらしく、パーティーで自己紹介をしたとき、小野という名字で確信したんだとか。

こちら側としては灰谷一族とそんな繋がりがあったなんて寝耳に水だった。父もGrayJT Inc. のグループ会社に長年勤めておきながらその事実を聞かされたのはごく最近だと補足する。

「祖父に君と会ったことを話したら、この繋がりを大事にするようにって言われてね。どちらかと言えば、うちは千鶴ちゃんのおじいさんにお世話になっている方なんだよ」

宏昌さんのその言葉はお世辞として受け取っておく。祖父は質屋を営んでいるが、会社などではなく個人経営でGrayJT Inc. と関わりなどなさそうだ。

そうなるとお互いの商売は関係なく個人的な友人だということなのかもしれない。

しかし父がGrayJT Inc. の関連会社で働いていることに関しても、祖父からGrayJT Inc. はおろか灰谷氏の名前すら聞いたことがなかったのに……。

「それで、今日はどうされたんですか？」

浮かぶ疑問は置いておき、目の前の状況について尋ねる。宏昌さんは穏やかに微笑んだ。

「国語の授業に苦戦しているって言ってたね。ちょうど家庭教師をつけようか迷っているって小野さんに聞いて、俺でよければその役目を任せてもらえないかな？」

思いがけない提案に私は目を丸くした。確かに先日、父から家庭教師をつけるという話が持ちかけられた。

父の海外赴任が決まった際も、現地での生活を考慮し渡米前に英語の家庭教師を頼んだ覚えがあったから同じ要領だとふたつ返事で受け入れた。

とはいえ、どうしてGrayJT Inc.の次期後継者でもあり忙しい宏昌さんが、わざわざ私の家庭教師を引き受けるのか。

私は一度、彼の目を真っすぐに見つめた。

「祖父に感じている恩を私に返すのは間違っていると思います。私には必要ありません」

宏昌さんは目を見開き、成り行きを見守っていた父は顔面蒼白になる。けれど私は自分の意志を曲げる気はない。

逆に彼も祖父に言われてしょうがなく申し出たのかもしれないし、なんにせよ、いくら祖父や曽祖父同士に親交があったとはいえ、孫は孫だ。ましてや年齢も立場も性別も違う。

私を理由にこの話をなかったことにしてくれて構わない。

「ごめんね、言い方が悪かった」

ところが宏昌さんは打って変わって真剣な面持ちで謝罪の言葉を口にした。

「千鶴ちゃんと話して、力になりたいと思ったんだ。祖父に言われたことは関係なく俺自身が」

このときは、宏昌さんがここまで必死になる理由がわからなかった。ただ彼の迫力に圧される。

「でも……お忙しいんじゃないですか？」

「大丈夫。時間は作るものだから」

変に取り繕わず否定も肯定もしないのが今思うと彼らしい。つまり大真面目だったんだ。

その結論に達し、私は思わず吹き出した。さっきまでの張りつめていた空気が消えていく。

「笑ったってことは、了承してくれるのかな？」

「……はい。よろしくお願いします」

その答えを聞いた途端、宏昌さんの顔に安堵の色が浮かんだ。彼もそんな表情をするんだ。意外に思いながらその理由を深くは追及しなかった。

それから週に一度、都合が合えば私は宏昌さんと過ごした。もちろん国語の勉強を見てもらうためで、余分な交流はとくにはない。

そうは言っても自分よりはるかに物知りで、年上の余裕もある優しい彼に惹かれるのに時間はかからなかった。

告白したのは、もちろん私から。大学への進学が決まって家庭教師が必要なくなる話が出たときだ。

宏昌さんもGrayJT Inc.の後継者として出会ったときよりもはるかに忙しい日々を過ごしていたけれど、私の家庭教師はずっと続けてくれた。

感謝を述べた後、これが最後かもしれないと玉砕覚悟で自分の想いを口にする。

「宏昌さんのことが……好きです」

信じられないといった様子の宏昌さんに、改めて自分の気持ちをしっかりと告げる。

すると最終的に彼は笑ってくれた。

「よかった。千鶴が俺を選んでくれて」

それはこっちの台詞なのに。私が彼を選ぶってどういうこと？　逆じゃない？

後から湧いてくる疑問に対してそのときは、初めて名前だけで呼ばれたことと自分の想いが報われた感動で気が回らなかった。

お互いの両親に報告し、宏昌さんは私が大学を卒業したら結婚しようと言ってくれた。結婚前提のお付き合い自体は、そこまで珍しいものではない。真剣に私との付き合いを考えてくれているのだと宏昌さんの誠実さが伝わる反面、私は少しだけ怖気づいた。

相手はGrayJT Inc.の後継者となる人だ。

結局、私は首を縦に振らず社会人としての経験を積み、成長して宏昌さんの妻として相応しくなってから結婚したいとお願いした。だって私には彼に釣り合う経歴も能力もない。

けれど、そんな私を選んでもらえて幸せだった。宏昌さんを公私共に支えるため大学時代、勉学はもちろん様々な資格を取得し、所作振る舞いも徹底的に研究した。

大学を卒業し、GrayJT Inc.のグループ会社に就職した私は、父や宏昌さんのコネ入社だと思われないように周りに有能だと認められるための努力を惜しまなかった。

しばらくして、宏昌さんが父親からウルスラの代表を譲り受けるのが内々で決まった頃に、彼から秘書としてサポートしてほしいと打診されたのだ。

宏昌さんを支えたい気持ちはあったが、ふたつ返事で引き受けることはできない。

ゆくゆく結婚することを踏まえたら、身内贔屓だと思われるのは避けたかった。

ところが宏昌さんは悩む私に『公私混同はしない』と厳しい口調で言ってきた。

私の能力を純粋に買っているのだと続けられ、すぐさま考えを改め直し、私は彼の話を引き受ける。

私が有能なら問題ないはずだ。それから私は誰かにあれこれ言われる隙がないほど、職場では秘書として彼のサポートに徹した。

そして昨年、宏昌さんがウルスラの新社長となり、落ち着いたタイミングでやっと結婚した。

彼は、ずいぶんと待たされたと笑っていた。結婚した後も変わらずに誰よりも私を大事にしてくれる。愛されていると実感する。

だから余計に宏昌さんの役に立ちたくて、結婚してよかったと思ってもらいたくて無我夢中でここまできた。

でも宏昌さんが私との結婚を望んだのは、私以外に理由があったんだ。

※　※　※

もう何度目かわからない寝返りを打って、大きく息を吐く。ちらりと横目に隣を見れば、宏昌さんの背中が目に映った。

玄関でのやりとりを終えた後、さすがに宏昌さんは言葉数が少なくなり、あからさまに狼狽の色を見せていた。

気まずい空気の中ふたりで夕飯を済ませた後、各々自室で好きに過ごしシャワーを浴びて、寝支度を整える。

こういうとき寝室が共同でベッドがひとつしかないのはいかがなものかと思う。ソファで寝ようかと思った一方で、そこまでして宏昌さんから距離を取る勇気もなかった。

自室にいる彼に『先に休みます』と告げてベッドで横になったものの睡魔は一向に訪れない。時計の秒針の音だけが響き、いつの間にか心音と重ね合わせ逆に目が冴えてくる。

もしかして宏昌さんの方がソファで休んでいるのかもしれない。あんなことを告げて、傷つけたのか、気を使わせたのか。

そう思ってぎゅっと身を縮めていると寝室のドアが開く気配がして、私はとっさに外側に体を向けた。ややあってベッドがわずかに軋み、宏昌さんが横になったのだと悟る。

いつもなら多少のスキンシップがあるのに、当然ながら今日はなにもない。この事態を招いたのは自分自身なので文句など言える立場ではない。むしろ別れたいと切り出したくらいだし。

……私は、どうしたいんだろう？

仮に宏昌さんが、私と結婚したのがおじいさまに言われたからだったとして。本当は、私を心の底から愛しているわけではないとしたら……。

意地でも別れたい？　大事にされているのは事実だから目を瞑る？　問いただして彼の本音を白状させれば気が済むの？

私は……。

そろりと彼の方を向き、なにげなく宏昌さんの背中に手を伸ばす。

十年も一緒にいて、そばで彼をずっと見てきた。それなりに彼のよき理解者に、パートナーになったつもりだったのに。

それが今、こんなにも遠い。

冷たいシャツに指先が触れるか触れないかの寸前で私は手を引っ込めようとした。

ところが突然、宏昌さんがこちらに身を翻し、私の腕を摑んで強引に自分の方へと抱き寄せた。

「えっ。わ！」

「千鶴」

馴染みあるハーブシトラスの香りが鼻をかすめ、宏昌さんの胸に顔をうずめて密着する体勢になる。パジャマという薄い布を隔ててなので、先ほどよりも体温や腕の感触がダイレクトだ。

突然の出来事に目を白黒させていると、宏昌さんの落ち着いた声色が耳に届く。

「好きかどうかわからないって……なにか不安にさせたか？」

思わぬ問いかけに私は顔を上げた。オレンジ色のほのかな明かりが点された寝室では、はっきりと相手の顔は見えない。

ただこのときの宏昌さんの表情はしっかりと読み取れた。

ここで本当のことを言ってしまえばいいのかもしれない。けれど私はかすかに首を横に振る。

「違うんです。これはその、私の気持ちの問題で……」

あやふやにしか返せず逆に申し訳なくなってくる。

「思えば、出会ったときの千鶴はまだ高校生で、そこから十年も一緒にいるんだ。結婚したとはいえ、自分の気持ちが見えなくなるときもあるよな」

意外にも宏昌さんが優しい口調で告げるので、無意識に胸の奥がじんわりと熱くなる。

彼はそのまま私の頬をゆるやかに撫でた。

「わからなくなったのなら、またわからせてやる。迷いなく俺を好きだって必ず思わせるから」

低く真面目な声で宣言され、私は泣きそうになるのを必死で我慢した。

怒ったり、問い詰めたりしたらいいのに。今更だろって。きちんと理由も話さずに身勝手な真似をしている自覚はある。

一方でわからなくなるどころか、自分の気持ちがはっきりする。私の想いはずっと変わらない。やっぱり宏昌さんが好き。けれど――。

「宏昌さん」

小さく名前を呼ぶと、彼は「ん？」と柔らかく答えた。

「デートしてください、私と」

そして続けた言葉に、宏昌さんは目を瞬かせた。唐突な申し出に意表を突かれている彼に、私はさらにたたみかけていく。

「遊園地がいいです」

「遊園地？」

「はい」

妙な取り合わせだと言いたいのは理解できる。付き合って今までこの方、ふたりで遊園地に出かけたことは実は一度もない。

学生の頃、同年代のカップルが遊園地でデートするのをひそかに羨ましく思いつつ忙しくて七つも年上の宏昌さんには提案できなかった。

なにより子どもっぽいと思われるのが嫌で、いつも出かける場所は相手に任せていた。美術館とか博物館とか、映画館とかお洒落なカフェなど。

どれも嫌いではなく彼の卒ないエスコートに身を委ねて楽しんでいた。

でも今は自分のために髪を切った。次は自分の行きたいところを口にしてみる。

この期に及んで、社長にもなった彼に呆れられるかもしれない。宏昌さんの趣向には合わないかも。

「わかった。いつ行こうか？」

私の不安をよそに彼はあっさりと答えた。目をぱちくりとさせていると顔に落ちた髪の毛をそっと耳にかけられる。長い指がなにげなく耳たぶを滑り、ドキリとした。

「久しぶりだな、千鶴からふたりで出かけようって誘ってくれたのは」

呆れるどころか嬉しそうな宏昌さんに胸が締めつけられる。続けて彼は、ぎこちなくも私の額に口づけを落とした。そして至近距離で視線が交わる。

いつもなら唇を重ねる流れだ。しかし私はその前に彼に抱きついた。本当に子どもみたいな甘え方と反抗態度だ。

でも、もう少し、もう少しだけワガママを言って振り回させて。そうしたら自分の中でちゃんと折り合いをつけるから。

宏昌さんがどんな思惑や経緯で私と結婚したのかは目を瞑る。本気で私を愛していないとしても、大事にされているのは十分にわかったし、なにより私の気持ちは変わらない。

また従順な妻として、有能な秘書としてそばにいるって約束する。

だからその決意が固まるまででいいから……もう少しだけ私のことで困っていて。

ほどなくして宏昌さんの逞しい腕が背中に回され、後頭部を撫でられる。優しくて安心できる温もりにホッと息をつく。

これからどうなるのかなという不安をわずかに残し、私は静かに目を閉じた。

第二章　夫婦デートの主導権

離婚を言い渡してデートしてほしいとはなんとも矛盾している。

その話題が出た二日後には、こうしてふたりで出かける段取りがされているのだから、宏昌さんの決断力と行動力はさすがと言うべきか。

会社を仕切る社長という立場を鑑みれば、私とのデートは容易いことなのかもしれない。

離婚届と共に退職願も突きつけたが、そのまま職場に行かなくなるわけにはいかない。何事もなかったかのように出勤し、業務をこなした。

宏昌さんは離婚届に関してはもちろん、退職願についてもとくになにも言ってこないので、おそらく人事課で受理はされていないのだろう。

本気で彼と別れて、この職場とも離れる覚悟はあったが、今すぐその必要はなさそうだ。

宏昌さんも職場では特段、態度を変えないので、私も秘書として普段通りに彼に接した。家でもそのつもりだけれど、なんとなくお互いにぎこちない雰囲気が漂っている。無理もない。

でも今日のデートで、もしかするとなにか変わるかもしれない。いい方向にか、悪い方向にかは見当はつかないが。

朝食後に身支度を整えリビングに行くと、先に起きていた宏昌さんがパソコンを開いてメールをチェックしていた。

仕事のときに見せる真剣そのものの表情が、こちらに気づいた途端、柔らかいものになる。

「準備できたか？」

パソコンを閉じてこちらに歩み寄ってくるので、彼につられた私は、思わず秘書の口調になり頭を下げる。

「はい。お待たせしてすみません」

すると頭に手のひらが乗せられる。

「謝らなくていい。千鶴を待つのは俺の特権だからな。よく似合っている」

ちらりと上目遣いに宏昌さんを見る。難なくフォローと褒め言葉を織り交ぜられ、悔しいけれど胸がどぎまぎする。

今日の宏昌さんは当然スーツではなく、グレーの薄手のジャケットと白シャツを重ね着し、細身のデニムジーンズを合わせている。

シンプルさと清潔感が絶妙にマッチしていて、顔もスタイルもいい彼にはよく似合っている。

対する私は小花を散らしたオフホワイトのロングワンピースに黄色のカーディガンを羽織った。

いつも大人っぽさを意識したコーディネートが多いので、ややカジュアルすぎかなと心配したものの行き先は遊園地だし。

自分に言い聞かせ、宏昌さんと部屋を出る。同じ家から出ていくのが逆に不思議なほど新鮮な気持ちだった。こうやって改めてふたりで出かけるのはいつぶりかな？

買い物や用事があって外出することは度々あっても、今日は本当にデートなんだ。

しかも私の希望で。

鍵をかける宏昌さんの横顔をじっと見つめていると、不意に目が合う。

「どうした？」

「い、いえ……」

尋ねられ、思わず言葉を濁す。まさか見惚れていたとは言えない。もう十年も一緒にいるのに、いまだに宏昌さんに胸をときめかせている自分がこのときばかりは少し情けない。

それほどに大好きな彼と結婚している事実に、今は喜びを噛みしめるよりも、どうしてか片思いの切なさに似た感情に支配される。

軽く頭を振ってエレベーターの方へと足を向ける。そのとき肩に重みを感じ、私は反射的に振り返った。

「え？」

すかさず頬に唇の感触があり、目をぱちくりとさせる。そのまま彼が耳元まで唇を滑らせた。

「千鶴があまりにも可愛くて」

低い声で囁かれ、肌が震える。さらには耳たぶに音を立てて口づけられ、固まっていた私は彼から距離を取ると、耳を押さえ極力冷静に返す。

「か、からかわないでください。早く行きましょう」

赤くなっているだろう顔に気づかれないように、宏昌さんに背を向けて今度こそ私は歩き出した。

「からかっていない。本心だ」

背中に投げかけられた発言はまるっと無視しておく。絶対に面白がられている。私はこうやって今も昔も彼の手のひらの上で踊らされているんだ。

改めて決意する。

今日は宏昌さんが困っても、自分の好きなように振る舞おう。それで呆れられても構わない。

彼が私と結婚した理由をわかったうえで、離婚を切り出しているくらいだ。怖いものはないし、遠慮も必要ない。悩んだ末、結婚指輪をはずしたままにしている。

それについて宏昌さんはなにも言わない。あえて触れずにいるのかもしれないけれど。ささやかな抵抗と私の決意の証だ。

私だって本当は、なんの迷いもなく左手の薬指に結婚指輪をはめていたい。でも自分自身の気持ちに決着をつけるまでは、はめてはいけない気がした。

宏昌さんの左手の薬指には、相変わらず結婚指輪ははめられている。

家から車を走らせ一時間半ほどのところにある巨大テーマパークは、遊園地の他にも、季節の花が楽しめる植物園や動物園、科学館など多くの複合施設が入っている。

家族連れやカップルなどが休日に訪れる定番スポットだ。敷地内にある文化ホールに一度クラシックコンサートを観るために訪れたことはあるものの遊園地の方には足を踏み入れたことはない。

早い時間だからかそこまで駐車場は混んでおらず、すんなりと停められた。天気は暑すぎず寒すぎずといったちょうどいい塩梅（あんばい）で、晴れやかな青空が広がっている。

車を降りて入場ゲートに近づくと、期待感で心が躍り出す。短くも列ができているチケットカウンターを見つけ、足早に並ぼうとすると宏昌さんに手を取られた。

「チケットは先に取ってあるから並ぶ必要はない」

なんでも先にネットで予約して決済を済ませているとのこと。抜かりのない彼にただ感心するばかりだ。

逆に衝動的に行動しようとした自分が恥ずかしい。仕事なら詰めが甘いと確実に指摘されている。

心の中を読んでか、宏昌さんは摑んでいた私の手を改めて繋ぎ直し、穏やかに微笑んだ。

「それだけ楽しみにしていたなら、来てよかったな。まずは、どこに行きたい？」

「とりあえず、一番人気の絶叫マシーンから制覇したいです」

間を空けずに答えると、宏昌さんは目を見開いた。これは彼にも読めていなかったに違いない。

「……千鶴がその類を好きだとは知らなかったな」

予想通りの反応に今度は私が微笑む。したり顔で。

「好きなんです、実は」

さて、宏昌さんはどうするかな？　嫌そうな顔をする？　実は絶叫マシーン系は苦手とか？

ドキドキして相手を窺っていると、宏昌さんは優しく目を細めた。

「覚えておくよ、行こうか」

手を引かれ言葉を失う。意外だって驚かせて、思いっきり困らせてみようと思ったのに。

なかなか手強いかも。目論見がはずれたのは私の方だ。でも不思議と嫌じゃない。

一番の目玉になっているアトラクションの付近は、やはりそれなりに混雑していた。

私は繋がれている手に目を遣り、そっと呟く。

「迷子にならないよう気をつけますね」

注意される前に、言っておかないと。すると半歩先を歩く宏昌さんは歩調をわずかに緩め、目を瞬かせた。

「そういうつもりがまったくないわけでもないが……言っただろ、千鶴を手放したりはしないって」

『千鶴を手放してたまるか』

離婚を切り出したときの言葉を思い出し、今度は私が目を丸くする。

まさかここで、私がどこかに行ってしまうと思われている？　物理的な意味も込めて言っていたの？

どう捉えていいのか混乱していると、宏昌さんはさらに続ける。

「実際に迷子になられたらそれはそれで困るけどな。でも、そうしたら探しにいくだけだ。どこにいても絶対に迎えに行く」

言い切り、宏昌さんは再び前を向いて歩き出す。

ずるい、あまり甘やかさなくてもいいのに。

繋がれている手の指先にそっと力を入れると、彼も強めに握り返してくれた。

ファストパスを使って、順調にアトラクションを乗りこなし、私はすっかり自分のペースで遊園地を楽しんでいた。園内マップを見て、次はなににしようかと目を走らせる。

その間もずっと時間を気にしていた。そして頃合いを見て、期間限定の催しが行われているイベントスペースへ向かう。

今は、チェコのプラハの町並みを再現し、まるで本当に外国に来たかのような空間が楽しめるアトラクションが人気を博していて、私はこれを楽しみにしていた。

他よりも遅めの開始時間となり、入場制限がかかるのもあって余裕を持って訪れる。ところが、すでに入口の前には長蛇の列ができていた。完全に見通しが甘かった。

「すごい人だな」

呆然としている私の隣で宏昌さんの素直な感想が漏れる。そこで我に返り、私は慌てて彼に向き直る。

「並ぶ時間がもったいないですし、諦めます。他に行きましょう」

そこまで宏昌さんを付き合わせるわけにはいかない。そう思って提案したのに、彼は私の手を引き、列の最後尾へと歩を進める。

「いい。せっかくだし、行きたかったんだろ?」

「で、でも」

正直、私は動揺した。宏昌さんは元々忙しいのもあって、あまり並ぶ行為は好きではない。今日のチケットしかり、基本的に先に決まっているものは予約し、多少のお金で解決できるなら確実な方を選択する。

時間は有限で有効に使えと仕事でもいつも言っている人だ。

「けっこう、並びそうですよ？」

彼もわかっているであろう事実を、あえて念を押す。宏昌さんは涼しげな表情だ。

「わかっている。でも千鶴と一緒なら悪くはない」

単純なもので、張りつめていた気持ちがぱっと晴れる。困らせるつもりが、逆に救われているなんて妙だ。

「……ありがとうございます。本当は並んででも見たかったんです」

本音を呟くと、頭の上に彼の手がなにげなく乗せられた。

「そうやって素直に甘えてくれる方がよっぽどいい」

まるで子どもを褒めているみたい。そう返そうかと思ったけれど、やっぱりやめた。どう頑張っても私の負けは決まっている。

日も照ってきたので、宏昌さんに残ってもらい、私は飲み物を買ってくる旨を提案した。自分が行くと宏昌さんが申し出たが、そこは丁重にお断りする。

彼はアイスコーヒー一択なので、どちらかと言えば迷ってしまう私が行った方がいい。

一番近くのスタンドに立ち寄り、宏昌さんの分のアイスコーヒーを注文し、私はアイスティーとアイスカフェオレで悩んだ結果、アイスカフェオレをチョイスする。

プラスチックのカップはすぐに汗を掻きはじめていく。ひとつずつ手に持ち、私は急ぎ足で列に戻った。間もなくアトラクションの開始時刻になる。

そういう意味で列はまだ動いていない。一直線に宏昌さんの元へ向かい、はっきりと彼を視界に捉えたところで私の足は思わず止まった。

彼が親しげに誰かと話しているのが見えたからだ。相手は綺麗な女性だった。

ウェーブのかかった長い髪を掻き上げ、遠目で見る横顔からでも美人なのが窺える。淡いピンク色のシャツにホワイトのパンツとパンプスを組み合わせ、派手さはないのに大人っぽさと上品さで目を引く。

薄手のベージュのトレンチコートも細身の彼女によく似合っていた。

あの人、どこかで見たことがある気がする。どこだろう？　仕事関係？

なら急いで合流して、挨拶すべきなのかもしれない。なにも躊躇う必要はない。けれど私はふたりが談笑するのをじっと見つめ、結局女性がその場を去るまで、動けずにいた。

宏昌さんに軽やかに手を振り、笑顔を向けた彼女とは対照的に、私は重い足取りで彼のそばに寄り、列に戻る。

「すみません、遅くなって」

「大丈夫か？　混んでいたのか？」

アイスコーヒーを受け取りつつ宏昌さんは心配そうに尋ねてきた。私は小さく首を横に振る。

「いえ……。あの、誰かとお話しされていましたが、お知り合いの方ですか？」

聞くべきか悩んだが、黙ってもいられなかった。宏昌さんは特段、気にした様子もない。

「ああ。昔からの知り合いに久しぶりに会ったんだ。親同士の付き合いがあって」

「そう、なんですか」

「彼女の両親は結婚式にも来ていたよ」

それなら、迷わずにきちんと挨拶した方がよかったのかもしれない。だからどこかで彼女を見たことがあったのかな？　どういう繋がりなのか詳しく聞くべき？

遠慮なく尋ねてもなんら問題ないはずなのに、私はそれ以上彼女についての言及をやめた。彼の妻としては知っておくべきだと冷静な私が告げてくるのを無視して。

この感情はなんだろう。やきもち？　付き合い出した頃ならいざ知らず、もう私は学生ではないし、彼とは結婚までしている。

それこそ今まで宏昌さんのそばには仕事関係を含め、綺麗な女性はたくさんいた。

なのに、ここまで不安に似た複雑な想いに駆られた経験はない。

「どうした？　気分でも悪いのか？」

宏昌さんに声をかけられ、金縛りが解ける。急いで否定し、ようやくアイスカフェオレに口をつけた。わずかに氷が溶けていたので、一口目は少し水っぽい。

ストローから口を離し、無意識にため息が漏れた。店の問題ではないが、どうしてか美味しく感じられなかった。

しばらくすると人が動き出し、開始してからはあまり待たずに中に入れた。一歩、エリア内に足を踏み入れれば、そこは絵本の世界に入ったかのような気分にさせてくれる。

プラハは中世から残る町並みの美しさから『黄金の町』や『百塔の町』と形容されているのもあって、人気も高い。白い壁と高さのそろった茶色い屋根が目を引く。

世界遺産に登録されている広場も再現されていた。撮影可能なので、多くの人がカメラを向け合っている。

私は一つひとつをじっくり見るのに忙しく、そこまで手が回らなかった。

「プラハと言えば、ストラホフ修道院にある図書室に一度行ってみたいんだ」

「いいですね！　私はやっぱりプラハ城を見たいです」

宏昌さんの希望に相槌を打ってすかさず返すと、彼は勢いに圧された顔をした後、柔らかく笑った。

「今度まとまった休みが取れたら行こうか」

「宏昌さん、遊園地とはわけが違うんですよ？」

普通は冗談だと捉えてしまう場面だが、おそらく宏昌さんは本気だ。ヨーロッパだろうが、近場の観光地と同じ調子で気軽に誘える宏昌さんは、やはり住む世界が違う人だと実感する。

私が「はい」と答えた日には、間違いなく彼は今日中に段取りをはじめそうだ。それこそ今回の遊園地同様に。

「千鶴が望むなら、なんでも叶えるよ」

これが言葉だけではないのを、私はよく知っていた。十年間一緒にいて、宏昌さんはいつも私の気持ちを優先してくれる。

「元気が戻ったみたいでよかったな」

ふと投げかけられ、入場前の私の態度で心配をかけていたと気づく。申し訳なく思いつつはしゃぎすぎだと心を落ち着かせる。

周囲を見れば、家族連れや友人同士ももちろんいるが、腕を組んだり一緒に写真を撮ったりして、幸せそうにしているカップルが多い。

私、自分だけ楽しんでた。

自分の行動を顧みて、宏昌さんに声をかけようとする。そのとき先に別の方向から声がかかった。

「宏昌くん」

宏昌さんと共に声のした方を向けば、紳士的な笑みを浮かべた年配の男性がいた。眼鏡をかけ、白い髪はオールバックにして貫禄がある。

ネクタイはしていないが濃紺のジャケットに襟付きシャツ、雰囲気からしてすぐに仕事関係者だと察しはついた。でもすぐに名前が出てこない。

「小島(こじま)社長、お久しぶりです」

宏昌さんが難なく反応する。名前を聞いても私の中でぱっと人物が出てこなかった。人の顔と名前を覚えるのは得意な方だと自負している。秘書としても必要な能力だ。ましてやウルスラと直接やりとりしている会社の人なら必ず覚えているはずなので、私が直接関わったことがない方なのかもしれない。

「お父上やご兄弟は元気かな？　相変わらず大甥が貴斗くんに世話になっているみたいで」

「お世話になっているのはこちらの方ですよ。父も弟たちもおかげさまで変わりなくやっています」

その証拠に小島社長の口からは、まず宏昌さんのお父さんや弟さんたちの話題が出た。

「それはよかった。またよろしく伝えておいてくれ。にしても意外だな、君もこういうところに来るんだね」

どうしてか、その発言に私の胸がチクリと痛む。すると宏昌さんはそばにいた私の肩をさらりと抱いた。

「ええ。今日は妻とデートなんです」

突然、話の矛先が向けられたが私は動揺を見せずに自己紹介する。

「はじめまして、妻の千鶴です。いつもお世話になっております」

小島社長は驚いた面持ちで私をまじまじと見つめると、宏昌さんに視線を移す。

「そうだ、結婚したんだったね。式には出られずに申し訳なかった」

「いいえ、気になさらないでください」

宏昌さんがすかさずフォローすると小島社長は私に笑いかける。

「これはまた、可愛らしい奥さんだね。千鶴さんか。改めて結婚おめでとう」

「……ありがとうございます」

私も笑ってお礼を告げる。どうしてか、その笑顔が微妙に引きつりそうになったが、小島社長の注意はすぐに宏昌さんに戻ったので私の違和感には気づかれなかった。

「宏昌くんが家庭を持つようになるとは……嬉しいよ。そういえば貴斗くんも結婚するらしいね。おめでたいことが続いてなによりだ。奥さんを大切にね」

感慨深そうな言い方だった。幼い頃の宏昌さんや弟さんたちを知っているらしい小島社長にとっては、時の流れを感じさせるのかもしれない。

「彼女は僕の秘書も務めていて、公私共に支えられているんです。いつも感謝しています」

真正面から褒められるのは、どうもくすぐったいがここは笑顔だ。小島社長も嬉しそうに微笑む。

「僕も今日は孫たちに付き合ってここに来たのさ。忙しくても、家族との時間を確保するのは非常に大切なことだ。そうそうカタリーナ・テレコムの重役と繋がりができてね。よかったら彼にウルスラを紹介しても構わないかな？　そちらの最新システムに興味があるらしくてね」

カタリーナ・テレコムはヨーロッパを中心に今急成長している通信会社で、世界的に名を馳せつつある注目企業だ。

業界内でもなにかと話題になっていて、提携や契約を結びたい会社は多い。かくいううちもそうだ。

「ええ、是非お願いします」

宏昌さんの返事に力が入るのも無理はない。小島社長は穏やかに笑って宏昌さんの肩を軽く叩いた。

「宏昌くんの人柄も合わせて話しておくよ。今日会ってさらに確信したさ。君は信頼できる人間だ。また仕事の話は改めてにしようか。今日はお互い家族を優先しよう」

「はい、失礼します」

宏昌さんと共に私も頭を下げて小島社長を見送る。ややあってそれとなく話題を振った。

「カタリーナ・テレコムと繋がりができたら会社にとってもいいお話ですし、素敵なご縁ですね」

秘書としても嬉しい案件だ。笑顔で同意を求めると宏昌さんは私の頭にそっと手を置いた。

「そうだな」

つい秘書として答えた感じになってしまったが、今はプライベートなのだと実感する。私は彼の秘書である前に妻なんだ。

「宏昌さんの人柄を含めた実力ですね。すごいです」

気恥ずかしくなったのを誤魔化すように目線を逸らして告げる。けれど本心だ。

昔から知っているとはいえ、親子ほど年が離れている宏昌さんのことを小島社長が仕事相手として認めてくださったんだ。

自分のことみたいに誇りに思う。やっぱり宏昌さんはすごい人だな。

「俺じゃなくて千鶴の手柄だよ」

「え？」

しかし彼の呟いた言葉に思わず反応する。今のやりとりに私はまったく関係なかったはずだ。

どういうことかと尋ねようとしたが、その前に宏昌さんに再び手を取られる。

「付き合わせたな、行こうか」

「……はい」

おとなしく彼に手を引かれ、ついていく。宏昌さんいわく、小島社長はおじいさまの代からの知り合いで貿易会社の社長をされているんだとか。

その関係でカタリーナ・テレコムとの接点もあったのだろう。海外出張が多いらしく、結婚式に招待したものの外国に滞在中だったため、出席できなかったらしい。

ちなみに小島社長の弟のお孫さんが貴斗さんと同級生で、彼の家によく出入りしているようだ。

なるほど、それで貴斗さんの結婚話をいち早く知っていたんだ。

私は小島社長の情報を頭に叩き込む。次にお会いしたときは、もっときちんと対応せねば。宏昌さんの妻としても、ウルスラの社長の秘書としても。

イベントスペースから出たら、急に現実に引き戻された。機械的なポップな音楽に、遠くで絶叫マシーンの乗客の声がこだましている。

『にしても意外だな、君もこういうところに来るんだね』

「宏昌さんは……こういったところに来るのはいつぶりですか？」

私自身、すごく久しぶりだ。少なくとも彼と一緒に来た覚えはない。さりげなく尋ねると宏昌さんは真面目に考える素振りを見せた。

ややあって遠い記憶をたどるかのごとく語り出す。

「それこそ、本当に子どもの頃だな。親父の知り合いがオーナーになっているテーマパークがオープンしたとかで、連れていってもらったんだが、雅孝はともかく貴斗はこういう人が多いところが嫌いで……それからあまり縁はないな」

苦笑する宏昌さんの顔をじっと見つめる。ということは、今まで他の女性ともデートで来てはいないんだ。安心したような、複雑な気持ちに包まれる。

やっぱり宏昌さんには不似合いだった？

「でも、今日は来てよかったと思ってる」

続けられた言葉に目を見開くと、宏昌さんと視線が交わった。改めて繋いでいる手を強く握られる。

「千鶴の楽しそうな顔が見られて……それだけで来たかいがあったよ」

仕事のときには想像もつかない。会社では効率や合理性を大事にして、常に厳しい顔をしているのに。

社長の顔しか知らない人が、今の宏昌さんを見たらきっと驚くだろうな。

でもそれはGrayJT Inc.の後継者としての重圧があるからだって知っている。この世界で渡り歩くためには優しさだけではやっていけない。

切り捨てないといけないときもあるし、割り切らないとならないものもある。

私との結婚も──。

「ほら、次はどこに行きたいんだ？　奥さん」

宏昌さんに尋ねられ、我に返った私は園内のパンフレットを確認する。渦巻く感情のせいですぐに次の目的地が答えられない私を宏昌さんは急かすことなく見守っている。

宏昌さんの本心はわからないけれど、優しくて、そばにいると安心する。

彼が大好きだって気持ちは、本物なの。

私たちはその後もテーマパークを存分に楽しみ、あっという間に太陽が西に沈む頃になった。日中に比べると気温も少し落ち着き、パークに入場する人より退場していく人の流れが多くなる。

帰り際、園内のショップに立ち寄った。今日の記念になにかをと思っていたらちょうど期間限定のアトラクションに合わせ、店の一画にチェコから直輸入された品々が置いてあったのでつい手に取ってあれこれ選んでしまう。

丸一日出かけたのも、こんなにはしゃいだのも久しぶりだ。

ショップ前の時計台のそばで待っていた宏昌さんを見つけ、駆け寄る。スマートフォンをチェックしていた彼はこちらに気づくと軽く微笑んだ。

その立ち振る舞いの上品さが彼の育ちのよさをよく表している。端正な顔立ちと相まって、彼を二度見する女性も少なくない。

肩書きに関係なく、やっぱり宏昌さんは素敵だ。私にはもったいないほどに。

「お待たせしました」

紙袋を見せ、私は笑った。宏昌さんはさりげなく私の紙袋を持ち、空いた手を取る。

「欲しいものは買えたか？」

「はい。今日は付き合ってくださってありがとうございます」

本当は夜の部もあるが、明日も仕事だしそろそろ帰らないと。けれど私は思いきって繋がれた彼の手を握り返す。

「あの、宏昌さん。最後にひとつだけいいですか？」

徐々に園内の外灯に明かりが点き、いくつものアトラクションが光り出した。私が宏昌さんにお願いして訪れたのは観覧車だった。

夜の雰囲気を少しだけ味わってから帰ろう。

わりと中途半端な時間だからか並ばずにさっと乗れた。六人乗りのゴンドラにふたりで乗ったので十分な広さがある。

私は夢中で園内の景色に視線を飛ばし、観覧車からの眺めを楽しむ。高さが上がるにつれ、広くなる視界にワクワクした。

そこで会話が途切れていた宏昌さんが気になり、彼の方を向く。

宏昌さんは外を見るわけでもなく眉根を寄せなんとも言えない面持ちになっている。

不機嫌とまではいかなくても、その表情は硬い。

「どうしました？　体調でも？」

私の指摘に宏昌さんは目を見開き、前髪をくしゃりと掻いた。

「実は観覧車はあまり得意じゃないんだ」

「え？」

宏昌さんは苦々しく笑って続ける。

「高いところ自体は平気なんだ。ただロープウェイとかこういった類はどうも落ち着かなくて」

意外な告白に私は目が点になった。

「す、すみません。私が無理を言ったから」

とはいえ、すぐに降りられないのが観覧車だ。しかもまだ頂上を過ぎていない。

こ、こういうときどうすればいいの？　話しかけない方がいい？

「千鶴」

あたふたする私に真正面から声がかかる。そしてゆるやかに手を引かれた。

「おいで」

宏昌さんに促され、彼の隣に腰を下ろす。体重が片方にかかったことでわずかにゴンドラが傾き、私の方が彼にしがみついた。

「こ、この方が余計に怖くありません？」

「怖いとは言っていない。それにこっちの方がいい」

肩を抱かれ密着し、外の眺めどころではなくなる。逸る鼓動を抑え、私は改めて宏昌さんを見遣る。

「宏昌さん、今度から私に遠慮せず、苦手なものはちゃんと言ってください。……ごめんなさい、気を使わせてしまって」

最後は尻すぼみになる。

わかっている、私が乗りたいと言ったから、彼に無理をさせてしまったんだ。

私の意思を押し通すと決めてはいたが、苦手なものを我慢してまで付き合わせるつもりはなかった。自分を責めずにいられない。

「謝らなくていい。俺がカッコつけただけなんだ」

肩に回されていた手に力が込められた。

ややぶっきらぼうな口調に私は目を白黒させる。対する宏昌さんは困惑気味に微笑んだ。

「千鶴を失望させたくなくて」

「失望なんてしませんよ！」

間髪を入れずに返すと、今度は宏昌さんが目を見張った。

「苦手なものは誰にでもありますし、むしろ宏昌さんのことをまたひとつ知れてよかったです……だから無理しないでください」

早口で捲し立て、ふと宏昌さんと至近距離で視線が交わる。ほんの刹那、沈黙がふたりを包んだ後、彼から唇が重ねられた。

一瞬の出来事に私はワンテンポ遅れて反応する。

「あ、え？」

キス云々の前にあくまでもここは外だ。とっさに斜めに位置する両隣のゴンドラを確認するが、空いていたのでどちらも無人だ。

狼狽える私の頰を宏昌さんの指先がそっと撫でる。

「そこまで慌てなくても……」

笑いを噛み殺している宏昌さんに、私の恥ずかしさはますます増幅する。

「だ、だって」

外という状況に加え、不意打ちかつ久しぶりのキスに平静ではいられない。

宏昌さんは顔にかかっている私の髪をおもむろに耳にかけた。その仕草と、触れた指の温もりに体温が上昇する。

落ち着かない私に対して宏昌さんは余裕たっぷりだ。

「観覧車でキスするのはベタとはいえ醍醐味かと」

「……宏昌さん、本当に観覧車が苦手なんですか？」

つい唇を尖らせ疑いの眼差しを向けると、彼はにやりと笑って私を抱き寄せた。再びゴンドラが揺れる。

「千鶴と一緒なら意外と平気だって気がついた」

「そ、それはよかったです」

耳元で甘く囁かれ、肩が震える。極力相手に悟られないように返したつもりだが、たぶん宏昌さんにはお見通しだ。その証拠に彼は、素早く耳たぶに唇を寄せる。

「やっ」

反射的に彼から離れ、元にいた席に座り距離を取る。守るように耳を手で押さえて宏昌さんを恨めしげに睨みつけた。

「悪かった。少し調子に乗りすぎた」

笑いながら言われても説得力に欠ける。でも結局それで私も許してしまうのだから大概だ。やっぱり宏昌さんには敵わない。

なにか返そうとするも、気づけば地上が近づいてきている。降りる準備をしないと。

ドアを開けられ係の人にお礼を告げてから今度こそ私たちはエントランスの方へ向かって歩き出した。

観覧車に乗っている間に一段と空の暗さが増し、夜の帳が下りてこようとしている。反対に遊園地は夜間の営業に向けてイルミネーションが存在を主張しはじめていた。

「最後にもう一度、ジェットコースターに乗っておかなくていいのか？」

「大丈夫です、もう十分に楽しみました」

からかい交じりに提案され、私は迷いなく答える。続けて夕飯はどうするかという話を交わしつつ、遊園地を背にする私はどこか夢見心地だった。

宏昌さんと付き合って、ずっと憧れていた遊園地デートをこんなふうに叶えられるなんて思ってもみなかった。

絶叫マシーンが大好きだと伝えても呆れずに、全部付き合ってくれた。

私、大事にされているんだな。

それを純粋な気持ちで受け取れないのが切ない。

帰宅途中で、何度か利用したことのあるお馴染みのレストランで食事し、私たちはマンションへ戻った。

　リビングのソファに座り、買ったお土産を仕分けする。社長秘書を共に務めている松田さんと川崎さんにお茶菓子としてチョコレート。わかなさんには、この前のお礼にチェコの有名メーカーのボディクリーム、祖母には木製の小さな時計を買った。

　これだけ見ると、遊園地に行ったのかチェコに行ったのかわからない。

　苦笑しながら私は先ほどの観覧車での出来事を振り返る。

　まさか外でキスされるとは思ってもみなかったので、必要以上に動揺してしまったけれど、確かに観覧車でキスというシチュエーションは漫画やドラマでは定番で、憧れがまったくなかったわけではない。

　どこまで宏昌さんが考えてのことだったのだろう。

　どっちみち宏昌さんと観覧車に乗るのは最初で最後だった。私が絶叫マシーンが好きだと彼に伝えていなかったように、宏昌さんが観覧車が苦手だと初めて知った。

　でも嫌な顔ひとつせず付き合ってくれた。私のワガママを叶えるために。

　もしも対等な関係だったら、宏昌さんは観覧車が苦手だと正直に話してくれたのかな？

気を使ってくれた彼の行動が、いつもなら申し訳なく思いつつ嬉しい気持ちにもなるのに、私と結婚した真実を知った今は、素直に受け取れなかった。

沈みそうになる気持ちを、頭を振って強引に切り替える。

一度広げたお土産をしまおうと手を伸ばすと、ドアを開く音が聞こえ顔を上げる。

メールなどをチェックするため自室に戻っていた宏昌さんが顔を出した。

「宏昌さん、お風呂用意できているのでよかったらお先にどうぞ」

私は決めていた台詞を口にする。忙しい宏昌さんの貴重な休みを一日私の希望に付き合わせたうえ、運転も彼がしたので疲れているに違いない。

しかし宏昌さんはなにも言わずこちらにやってくると私の隣にそっと腰を下ろした。

「今日は、楽しかったか？」

頭を撫でながら問いかけられ、私は頷いた。

「はい。ありがとうございます」

「本当は、夜のパレードと花火も見たかったんじゃないか？」

伝わる温もりにうっとりしていたら、思わぬ指摘をされ、私は目をぱちくりさせる。

「そんなことないですよ、十分に」

「そうか？　名残惜しいって顔をしてた」

すぐに否定したのに、宏昌さんは言い切った。お見通しだという笑みに私も下手に誤魔化せない。言葉を詰まらせていると宏昌さんは私の頬をゆるやかに撫でた。

「今度は泊まりでゆっくり行こう」

見透かされているのが悔しくもあり、嬉しくもある。

なにも答えずに宏昌さんをじっと見つめていたら、ゆっくりと彼の整った顔が近づいてきて唇を重ねられた。

「こんなに甘やかしてどうする気ですか？」

せめてもの抵抗にと小さく呟くが、あまり意味はない。宏昌さんは私に触れたまま耳元に唇を寄せた。

「ひとまず千鶴が俺なしで生きていけなくなるくらいには甘やかすつもりだが」

「なんですか、その恐ろしい計画は！」

冗談口調に本気で返す。反射的に距離を取りそうになった私を宏昌さんは逆に強く抱きしめた。

「十年前から進行中だが、まだ完遂しそうにないんだ」

その言葉に思わず固まる。いつもならさらりと流せたはずなのに、今は引っかかった。

「宏昌さ、えっ？」

言い返そうとしたら彼の手が難なくワンピースの背中のファスナーにかけられる。驚きでそちらに気を取られていると宏昌さんが続けた。

「俺はいいから千鶴が先に入っておいで」

優しい声色とは裏腹に、器用にファスナーが下ろされ肌が空気に晒される。お風呂のことを指しているのだと気づくのにわずかなタイムラグがあった。

「わ、わかりました。でも自分で脱げます」

早口で捲し立てるが、宏昌さんの腕が回されている状態なので抵抗できない。むしろ腕の力が強くなった。

「遠慮しなくていい……脱がして差し上げますよ、姫」

わざとらしく耳元で甘く囁かれた。こういうときの宏昌さんは意外と強引なのを経験上よく知っている。

はだけた背中を直に触れられ、大きな手のひらが焦らすように肌を撫でていく。

「けっ、こうです」

肩を押そうにもびくともせず、逆に肩口にかかっている袖部分がたゆみ、さらに肌を晒すはめになった。

冷静に考えるとものすごくあられもない姿をしている。けれど今はそこまで気が回らない。触れられている箇所から伝わる体温や感触に神経が集中していく。

「んっ」

不意打ちで首筋に口づけられ、思わず声が漏れた。身をよじって抗う私に反し、宏昌さんは平然としている。

「可愛いな、千鶴は」

笑っているその瞳の奥には絶対的な自信が滲んでいる。

わかっていた。翻弄されるのは私ばかり。出会ったときからずっと彼の思うがままだ。でも——。

「宏昌さんの、計画通りにはいきません！」

唐突な宣言に宏昌さんの手が止まる。

私は素早く彼の腕から逃れ、ソファから立ち上がった。ファスナーはどうしようもないけれど着崩れたワンピースを精いっぱい整え直す。

「お、お言葉に甘えて先にお風呂に行かせていただきます」

宏昌さんはわざとらしく頬杖をついた。

「一緒に入る選択肢は？」

「もうなくなりました！」

言い捨てて逃げるようにバスルームへ向かう。

しまった。この言い方だと、ふたりで入るつもりがあったみたい。仕事ならもっと冷静に対処できるのに、どうして自分のことだと上手く立ち回れないんだろう。

さっきは勢いに任せて計画通りにいかないと言ったものの、結果はもうわかっている。

もしも結婚どころか出会いから仕組まれていたのだとするのなら、私は彼の罠にとっくに落ちている。思惑通りに生きてきたんだ。

なら、いっそさっきも余計なことを言わずに素直に甘えておけばよかったのかな？

触れられた箇所に彼の温もりや手のひらの感触が大きな余韻として残っている。彼の台詞ではないけれど、こんなにも心も体も宏昌さんに囚われているのに、今更離婚できるかな？

けれど……。

悶々とする気持ちを払い、疲れを癒すためにも私はお風呂でゆっくりしようと頭を切り替えた。

第三章　新婚生活の醍醐味は

金曜日の午後七時過ぎ、私はマンションのリビングでホッと一息吐いた。天気予報によると、全国的にそろそろ梅雨入りだそうで、来週からお天気が崩れ気味になるらしい。

洗濯は乾燥機付洗濯機があるし、なんなら乾燥機能付スペースもあるので、とくに問題はない。マンション内の空調も常に整備されていて不快指数もそこまで高くない。けれど、私の気分はどうも浮かなかった。一週間の仕事を終えた疲労感と高揚感が入り交じる中、気を抜くと考えるのは、宏昌さんとの今後についてだ。

遊園地に行った後、いつも通りの月曜日を迎え、私は仕事をこなした。

職場では相変わらずの宏昌さんだが、家でいるときは心なしか甘さが増している気がする。離婚届と退職願を突きつけられている状況とは思えない。

ううん、だからなのかな？

もしも彼と離婚したら、さすがに今の仕事は続けられない。私にはそれなりの資格と経験があるので次の就職先にはおそらく困らないと思う。

とはいえ、どういう理由であれ離婚となれば多少なりとも宏昌さんの面目は潰れてしまう。反対に、長い目で見たらここで決断すべきなの？

私は軽く頭を振って思考を切り替える。

今日宏昌さんは、友人であり同じく会社経営をされている冴木さんという方とプライベートで久々に会っている。会社のことやお互いの近況など色々積もる話はあるだろうから、帰りはかなり遅いと踏んでいる。

その分私は自由気ままにまったり過ごすつもりだ。

せっかくなんだからひとりの時間を楽しもう。

先にシャワーを浴びて髪を拭きながらワンピースタイプのバスラップに身を包む。

アイボリーカラーのパイル生地は吸水性がよく着心地も抜群だ。

胸元はギャザーになっていて淡いピンク色のフリルとリボンがあしらわれている。

この可愛いデザインが気に入っているポイントのひとつだ。ぱっと着られて汗が引くまでちょうどいい。

独身の頃は、お風呂上がりや夏の部屋着として定番だったが、結婚してからは封印していたので着たのは久しぶりだ。

なんとなく宏昌さんの前ではきちんとしなければと意識が働き、あまり気の抜けた姿は見せられないと遠ざけていた。色気のあるランジェリーならまだしも、子どもっぽいと思われるのは癪だ。

けれど今はいいよね。

夕飯は、前から気になっていたアジアン料理のお店でおかずの詰め合わせをテイクアウトしてきた。お皿に盛り付けはせず、そのままソファテーブルの上に雑多に広げひとりの夕飯をはじめる。

最近のテイクアウトは入れ物にもこだわっているので見た目でも十分に楽しめる。クミンやガラムマサラ、ターメリックにコリアンダーといったスパイスがふんだんに使われ、それでいて辛すぎずに食べやすい。

空腹が満たされた頃、同じく帰りに買った缶チューハイのプルタブに指をかける。あまりお酒は強くないけれど、チューハイやカクテルベースの甘いものは好きだった。

直接缶に口をつけ、ゴクゴクと二口ほど飲んで唇を離す。炭酸の刺激も合わさり思わず眉をひそめた。

新発売の極上檸檬チューハイは思った以上に酸っぱい。けれど舌の上で炭酸が弾けた後、喉を過ぎていく爽快感は癖になりそうだ。

いつもなら考えられない非日常的な振る舞いに背徳感を覚えながら、一方ではドキドキした気持ちがくすぐったい。

観たかった映画が地上波初登場の謳い文句と共にテレビ放送されるので、リモコンを取りチャンネルを合わせる。

典型的な恋愛映画で、好きな女優が主演を務めているから気になっていた。

今まで宏昌さんとデートで何回か映画を観にいったが、観るものは基本彼の好みや提案を優先していた。

どんな映画でもそれなりに楽しめるので不満に思ったことはない。

それに自分から恋愛映画を観たいと言い出すのが、どこか気恥ずかしかった。一緒に観ることも含めて。なにより宏昌さんの好みではないと思っていたから。

宏昌さんが好きなのはサスペンスやミステリーが多くて、たいてい原作小説を先に読んでいる場合が多かった。

ちびちび缶チューハイに口をつけ映画に集中する。

映画の内容は、父親の勧めでお見合い結婚をして平凡な日常を送っているヒロインの元に、昔付き合っていた恋人が現れ、彼女の心が揺れ動くというベタな展開だ。

結婚した夫が浮気をしたりモラハラ気味など、ろくでもない男性ならさっさと別れるべきだとは思うが、そうはいかないのがこの物語の肝だ。

夫は優しく、妻の気持ちを優先し大切にしていて、まさに理想の夫として描かれている。夫に不満はないが、元彼に惹かれていく気持ちは止められないヒロイン。

これは誰に気持ちを肩入れするかで見方が変わってくる。私は当然、ヒロインに感情移入して映画にのめり込んでいた。

『父親に言われて勧められるままに結婚。嫌いじゃないから、不満はないから……で、そこに愛はあるのか？』

ヒーローがヒロインに言い放った言葉が、どういうわけかリアルに自分の胸に刺さる。

「千鶴」

映画に夢中になりすぎて、一瞬空耳を疑う。気のせいだと結論づける前にテレビ画面から視線を横にずらした。

「ひ、宏昌さん⁉」

視界の端に捉えた彼の姿に、私は勢いよく立ち上がる。リビングのドアのところに立つ宏昌さんはスーツ姿で困惑気味に微笑んだ。

「そんなに驚かなくても……」

「いえ、あの。もっと遅くなるかと思っていたので」

時計を確認すると、針は間もなく午後九時半を指そうとしていた。

「相手も家庭持ちだからな。愛しの奥さんを置いて、そんなに遅くならないさ」

説明に納得する反面、宏昌さん自身はどうなのかと考える。彼はまだ話したかったのでは……。

「もっと遅くに帰ってきた方がよかったか？」

宏昌さんは、ネクタイを緩めながらこちらに近づいてくる。からかい交じりの問いかけに私は現状を思い出した。

「い、いいえ。そんなことありません！　……その、すみません、すぐに片付けます」

机の上には飲みかけの缶チューハイにちょこちょこつまんでいたテイクアウトのおかずが数品広がっている。

ズボラなのもいいところで、こんな有様を彼に見られるとは。

血の気が引く感覚を抑え込み、さっさとしまおうと踵を返したら、腕を引かれて背後から宏昌さんに抱きしめられる。

「意外だな。千鶴が家でひとり、飲むなんて」

顔が見えないので、宏昌さんの発言の意図が読めない。責められたのか、呆れられたのか。とっさに言い訳しようとしたが、はたと思い直した。

悪いことをしたわけではないし、私が変に取り繕う必要はないのでは？

むしろいい機会だ。

「私だってたまには気になったお酒を飲んで、買ってきたお惣菜で夕飯を済ませたいんです。好きな映画を観てダラダラしたり……」

強気に主張しはじめておいて、勢いは徐々に削がれていく。胸を張る言い分ではないのは多少自覚があった。

宏昌さんにどう思われてもいい。離婚を覚悟しているくらいだ。自分らしく振る舞うって決めた。

ぎゅっと唇を噛みしめて彼の反応を待つ。

「それはいいな」

ややあって彼の口から紡がれた言葉は、私の予想を裏切るものだった。目を見張った後、宏昌さんの顔を確認するために振り向いたら至近距離で視線が交わる。

「たまには、そうやって千鶴が好きなように過ごしたらいい。ひとりのときに限らなくても」

呆れるどころか優しい声色で囁かれ、額をこつんと重ねられる。

「俺と一緒だとくつろげないのか？」

どこか悲しそうに彼が尋ねるので、私は小さく首を横に振った。そして私は彼の腕から離れ、ゆっくりと向き直る。

「違います。宏昌さんの前ではちゃんと過ごさないといけないって私がひとりで思っていて……。それで、この状況を勝手に気まずく感じただけなんです」

不意打ちでだらしなく過ごしているところを見られてしまった気恥ずかしさで、つい、ぶっきらぼうな態度を取ってしまった。

『もっと遅くに帰ってきた方がよかったか？』

そんなわけない。そんなふうに思わせてしまって申し訳ない。

肩を落としている私の頭に大きな手のひらの感触がある。私はそっと上を向いた。

「ここは千鶴の家で、俺は千鶴の夫なんだ。だから無理したり、気を張らずにいてほしい。千鶴が一番、安らげる場所でありたいんだ」

さっきまで後悔の渦が巻き起こりそうだったのに、今は温かい気持ちでいっぱいになる。

私、宏昌さんを見くびっていたのかな。遊園地の件もそう。もっと自分らしくいてもいいのかな？

「そうは言っても、結婚して……一緒に暮らしはじめてまだ半年か」

宏昌さんが苦笑して続けるので、私もつられて笑った。まだ夫婦としてすべてを晒け出すには時間がかかりそうだ。

でもこれが新婚の醍醐味なのかもしれない。

「ただいま、千鶴」

「……おかえりなさい」

言いそびれていた挨拶を改めて交わし、お互いに見つめ合う。宏昌さんは懐かしそうな面持ちになった。

「付き合っていたときに何度もここに来ていたけれど、千鶴の家は別にあって送っていくのが当たり前だったから。余計に幸せを感じるよ。千鶴がここで俺を待っていて、ここに帰ってきてくれることに」

嬉しそうに告げる宏昌さんに、満たされる反面、少しだけ胸がチクリと痛む。

付き合っているとき、彼は毎回律儀に私を実家に送り届けた。おかげで泊まるという行為は結婚するまで皆無で、未成年だったときはいざ知らず、結婚を前提にした付き合いになってもその姿勢を貫き通した。

私はもっと一緒にいたかったのに。あまりにも彼が大人な対応をするので、ワガママが言えなかった。

大切にされていると言えば聞こえがいいし、その通りかもしれない。

当時、自分にそう言い聞かせた。けれど私の両親や祖父との約束の手前が大きかったのかも。昔から私の気持ちの方が大きかったんだ。

宏昌さんが私と結婚した理由を知って尚更実感する。

「そういえば、映画を観ていたんだな」

つけっぱなしのテレビの存在に気づいた宏昌さんが指摘し、私はテレビ画面に意識を向ける。映画は順調にクライマックスに向かって話が進んでいた。

「あ、もういいです。宏昌さん、先にシャワーを浴びてきたらいかがですか？」

「後でいい」

私の提案はすげなく却下される。済ませておきたい仕事でもあるのだろうかと思っていたら彼は私の手を取った。

「ちょっと疲れたんだ」

思えば、仕事の後にプライベートとはいえ外で誰かと食事をして疲れていないわけがない。もっと早くに労うべきだったと思いつつ宏昌さんを見ると彼はにこりと笑った。

「だから千鶴と一緒にくつろぎたい」

　接続詞が妙だと感じたのは私だけなのだろうか。

　彼に促されるままソファでくっついて横に並び、ふたりで映画を観ることになった。宏昌さんは途中からなので手短に粗筋を説明し、主演が好きな女優で原作は小説だと話す私に、彼は嫌な顔ひとつせず応じてくれる。

　コマーシャルの間に、机に残っていたおかずを一口つまんだ宏昌さんが意外にも気に入ってくれたので、また今度買ってこようと話したり、今日、宏昌さんが会っていた友人とのやりとりを聞いたりして他愛ない会話に満たされていく。

　なにかものすごく特別なことをしているわけでもない。

　映画の続きがはじまり、また画面に集中する宏昌さんの横顔をこっそり盗み見る。

　ジャケットを脱いでネクタイをはずしたワイシャツ姿の彼は、確かにプライベート仕様だが、言い知れぬ色気があってどぎまぎしてしまう。

　すっと伸びた鼻筋、目力のある大きな瞳は切れ長で、仕事のときは眼光鋭く、家ではとびっきり甘くなるのを私は知っている。

　ずっと宏昌さんが好きで、彼を想い続けてきたんだ。

　無意識に飲みかけの缶チューハイに手を伸ばしたタイミングで私は、あることに気づく。

「すみません。私、自分だけ飲んで宏昌さんの飲み物を用意していませんでした」

慌ててなにか飲み物を持って来ようとしたら、宏昌さんに腕を取られ阻止される。

「俺の分は必要ない」

「ですが」

必死な私に、宏昌さんは苦笑しつつ視線を動かす。次に空いている方の手で、私の飲みかけの缶チューハイを指差した。

「なら、これを少しもらっても構わないか?」

私は目を丸くした。

「これ、ぬるくなっていますし、炭酸も抜けているのでなにか新しいのを持ってきます」

す、は声にならない。私が言い終わる前に宏昌さんが缶に口づけたからだ。

彼の喉仏がごくりと動き、あまりに卒ない動作に目を奪われる。

「甘いな」

「え、酸っぱくありません?」

缶から口を離した第一声に、思わず反応してしまう。しかし、よく考えると開けてけっこうな時間が経っているので炭酸と共に味も抜けているのかもしれない。

そう結論づけている間に、宏昌さんは再び缶に唇を寄せ二口目を飲む。彼は一度缶を机の上に置くと続けてどういうわけか無言で私の方に身を寄せてきた。

困惑する私をよそに、宏昌さんは私の頤（おとがい）に手を添え、上を向かせると珍しく強引に口づける。ただ唇を押し当てるだけのものだが、彼の瞳が間近で弧を描き、すぐに相手の企みに気づく。とはいえ拒否できない。

ゆるゆると引き結んでいた唇の力を緩めたら、隙間から液体が注ぎ込まれる。舌にすっかり馴染んだ甘酸っぱい味だ。恥ずかしさを堪えて、無心で嚥下する。

やっと飲み終え、唇が解放され深く呼吸しようとしたら、口の端から飲みきれなかった檸檬チューハイがこぼれる。それを宏昌さんが掬うように舌で舐め取り、体がびくりと震えた。

「ほら、甘い」

余裕たっぷりに囁かれ、私は顔が熱くなる。

「それは──」

反論を許されず、再び唇が重ねられた。今度は遠慮のないキスだ。

あっさりと彼の舌が口内に侵入し、くまなく蹂躙（じゅうりん）していく。

「んっ……ふっ、ん」

気がつけば宏昌さんを前に、後ろはソファの背もたれに挟まれ逃げ場がない。ぎこちなく舌先を絡め、彼の口づけに溺れていく。

快楽の波に誘われる中、心許なくなった手元は自然と彼のシャツを握りしめた。いつもなら皺になると気にするのに今はそんな余裕もない。

宏昌さんは巧みに翻弄するキスを与えながら私の頭や頬、髪に優しく触れ、唇を含め伝わる彼の温もりに蕩かされていく。

アルコールの味が直接お酒を飲むときよりも感じられるのは気のせいだろうか。宏昌さんも飲んでいたから？　頭がくらくらして体が熱を帯びてくる。

「映、画……観ない、んですか？」

キスの合間に切れ切れに訴えかけたら宏昌さんは魅惑的に笑った。

「観たい？　ならやめようか？」

頬に手を添えられ、焦らすように濡れた唇を親指でなぞられる。その仕草ひとつに心臓が早鐘を打ち出し、胸が痛む。

返事を迷っていると額に唇が寄せられた。

「映画は今度ＤＶＤを借りて改めて一緒にゆっくり観たらいい」

なだめるような軽いキスから一転、続けて音を立て耳たぶに口づけが落とされる。

「あっ」

反射的に身をすくめそうになったが、回されていた腕に力が込められ拒否できない。

宏昌さんはそのまま耳元で甘く囁く。

「今は千鶴が欲しくてたまらないんだ」

低く官能的な彼の声が直接脳に届き、硬直したのも束の間、彼は舌先で耳介を刺激しはじめた。

「やっ、だめ」

さすがに身をよじって抵抗を試みるも体勢が体勢なのでまったく意味がない。それどころか抱きしめられる力がさらに強くなる。

ねっとりとした舌の感触に、刺激されている耳はどんどん熱くなる。一方で全身に鳥肌が立つ感覚に泣きそうになった。空いている手で肌を撫でられ、苦しいのに嫌悪感がないから自分でもどうしたらいいのかわからない。

宏昌さんの腕をぎゅっと摑んで必死で耐えているとややあって彼は顔を上げて私と目線を合わせた。

「悪い、千鶴が可愛らしくてつい……」

自省めいた言い分とは裏腹に、まったく悪びれていない。私はなにも言わず……正確にはすぐに声が出せず、抗議の意味を込めて宏昌さんを睨みつける。

彼は私の目尻にキスを落とした。

「その顔も煽るだけなんだよな」

「そんなつもりはありません！」

しみじみと呟かれたのに対し、私は即座に言い返す。

ああ、もう。私ってば、すぐに彼のペースに乗せられてしまう。先ほどまでの艶っぽい雰囲気はなくなり、安心したような残念な気持ちになる。

ふと宏昌さんがふっと気の抜けた笑みを浮かべた。次に彼の手が首筋に伸びてきて、長い指が肌に触れる。

反射的にびくりと身構えると、宏昌さんは打って変わって意地悪そうに微笑んだ。

「俺がいないときに、こんな可愛い服を着ているなんて知らなかったな」

「これ、は」

指摘され自分の格好を思い出す。ワンピースタイプのバスラップはそれなりに露出部分が多く、はしたないわけではないが、いつもパジャマをきちんと着ていることを考えれば、かなり大胆な姿だと認識する。

すっかりお風呂上がりの熱も汗も引いた体は、恥ずかしさで熱くなった。

「も、もう着替えます」

「その必要はない。正直、俺としてはこのまま可愛い千鶴を堪能していたい」

小声で申し出たものすぐさま否定される。

それにしても堪能って……。

私の訝しげな眼差しに気づいたのか、宏昌さんは私の肩口を手のひらでゆるやかに撫でた。

「機能的な意味でも。こうしてすぐに千鶴に触れられるし、なにより脱がしやすそうだ」

あけすけな言い方に頬が熱くなる。やっぱり着替えてこよう。

ところが私が動く前に宏昌さんがなにかを思い出したらしく、先に席を立った。彼が離れ、少しだけ拍子抜けする。

『どうして私の気持ちが揺らいでいるってわかったの？』

そのとき、つけっぱなしだった映画に意識が向いた。詳しく話の展開についていけないが、ヒロインが問いかけた相手は夫だ。

既婚者のヒロインが元恋人とどうなるのか。彼女の夫とひと悶着あるのは間違いないと思っていたが、予想していたより穏やかなシーンが流れている。

彼女が手に持っているのは、夫の欄が記入済みになっている離婚届だった。

『わかるよ、俺は君の夫だから。最初から君の気持ちが完全に自分に向いていないのもわかっていた。でも好きだった。幸せだったよ……だから、誰よりも幸せになってほしい』

泣くのを必死に堪えて、ヒロインは離婚届と夫の顔を何度も交互に見遣る。

画面に釘付けになっていた私の目からは気づけば涙が溢れていた。ほぼ無意識で自分でも驚き、慌てて涙を拭う。

「千鶴？」

さらに宏昌さんに声をかけられ、心臓が口から飛び出そうになった。

「どうした？」

「い、いいえ。あの、目にゴミが入っちゃって」

余計な詮索や心配はされたくないと慌てて取り繕って返事をする。彼の手には大手お菓子メーカーのチョコレートの箱があった。

「千鶴にお土産……ってほどでもないが」

「いいえ。ありがとうございます」

宏昌さんは、よくこのチョコレート菓子をくれる。

ホワイトチョコとビターチョコが網目模様に幾重にも重なり一口サイズで個包装されていて、繊細な食感と絶妙な味のバランスで人気を博しているロングセラー商品だ。

私のお気に入りのお菓子で、きっかけは思い出せないが、出会ってしばらくした頃になにかの拍子で宏昌さんに話したんだと思う。

思い返せば、彼の生徒として勉強を教わっているときから彼のバレンタインの贈り物はちょっとしたプレゼントと、このチョコレートだった。

「昔から、好きだよな」

宏昌さんは再び私の隣に腰を下ろした。いつもなら嬉しくて素直に「はい」と頷くのに今はなんとも言えない気持ちになる。

高校生のときと扱いが変わっていないと思ったら、さすがにちょっと切ない。

「宏昌さんは、いまだに私を子ども扱いしていません？」

このチョコレートは確かに好きだけれど、思わず口を尖らせて言い返してしまった。

可愛くないと自分でもわかっている。

「していないさ。子どもなら抱きたいとは思わない」

ところが、あまりにも意表を突くような切り返しに口をぽかんと開けてしまう。

間抜けな顔をしているであろう私に宏昌さんは含んだ笑みを浮かべる。続けておもむろに顔を近づけてきた。

「さっきの続きをしても？」

彼が影になり、視界が暗くなる。

ここで宏昌さんを受け入れるのが正解なのかもしれない。いつもならそうしている。私は彼が好きで、求めてもらえるのは幸せだ。

でも、常にどこかで彼に気を使わせてしまっている。さっき中断させてしまったのも私が原因かな？

私が年下で、宏昌さんとの経験の差は歴然だ。だからしょうがないのかもしれない。

けれど、もしも他の女性なら……。

宏昌さんだって自分の意思で付き合っていた相手がいるはずだ。お互いに好き合った……俗に言う元カノの存在が。

唇が重なる瞬間、私は拒否するように顔を横に背けた。宏昌さんが驚いたのが気配でわかる。

幸い、視線の先はテレビ画面があり、宏昌さんの目もそちらに向いた。映画は本編が終わり、エンドロールが流れている。

「やっぱり映画が観たかったのか？」

少しだけ申し訳なさを滲ませた彼の問いに私はなにも答えず、目を伏せる。

「まぁ、主役カップルがくっつくのはどの映画もだいたい間違いないな」

淡々と物語の既定路線を宏昌さんが呟き、ズキリとなにかが胸に刺さる。

最初、私はヒロインに感情移入していたが、もしかすると私の立場はヒロインの夫に近いのかもしれない。

『最初から君の気持ちが完全に自分に向いていないのもわかっていた。でも好きだった。幸せだったよ……だから、誰よりも幸せになってほしい』

私もその覚悟があって離婚届を用意した。結局納得はしてくれなかったけれど、もしもこの先宏昌さんに本当に好きな人が現れたら？

今は私だけを見ていてくれているとしても、結婚したきっかけを考えたら……。

「どうしたんだ？　そんなつらそうな顔をして」

宏昌さんの問いかけに、私は唇を噛みしめ感情を押し込める。一方で、心配そうな彼の表情に胸が苦しくなった。

「その、映画を観てて……私ならどうするかなって」

嘘はついていない。私が勝手に悶々と悩んでいるだけ。

すると突然、宏昌さんに強く抱きしめられた。持っていたチョコレートの箱が手から落ち、あまりの力に顔をしかめる。

「俺は、千鶴を誰にも渡す気はない」

聞こえたのは、珍しく切羽詰まった声だった。言ってから我に返ったのか、宏昌さんはすぐに腕の力を緩め、続けて私を窺うように、額を合わせ訴えかけてきた。

「千鶴はもう俺のものだろう」

打って変わって切なげに問いかけてくる宏昌さんに私はなにも答えられない。

ずるい。私は宏昌さんのものなのに、彼は私のものじゃないなんて。

結婚の裏にある事情も知らず、純粋に愛されていると思い込んでいた。

もし宏昌さんが映画の主人公みたいな状況になったら、私はあんな穏やかに離婚を切り出せるだろうか。

いつもより慎重に顔を寄せられ、私はおもむろに目を閉じる。宏昌さんが帰宅してからたくさん口づけを交わしたのに、本日最後のキスはお互いにぎこちないものになった。

第四章　妻の秘密と夫の本音

予報通り全国的に梅雨入りが宣言され、雨とまではいかないが、はっきりしない天気が続いている。外に出ると水分を含んだじめっとした空気が肌に張りつき、不快感で眉をひそめてしまうのは毎年の話だ。

職場ではマンション同様空調が整っているので、私は変わらずに仕事に取り組んでいた。

今は社長室で宏昌さんとふたりだが、それ自体は珍しい状況でもない。

「社長、午後三時にアガタネットの浜崎(はまさき)さんがお見えになる予定ですが、いかがされますか？」

アガタネットは法人向けインターネット接続サービス事業をメインとした会社で、今は次世代通信技術を活用した通信サービスの開発に力を入れている。

より優良なインターネットの接続環境を提供できるようにうちの会社と業務提携する話が進んでいた。

午後の定例会議に向かう宏昌さんに尋ねる。いつも通りなら一時間もかからないけれど、今日は急遽先週末に支社で起こったトラブル案件の対処も検討しなくてはならず、時間が押すのが目に見えていた。

「戻って来られない場合は相手を任せて構わないか？　以前話した業務提携について、サインした契約書を持ってくる話になっている」

「かしこまりました」

時計を見遣り、部屋を出ていく宏昌さんを見送ってから私は席に着いて仕事を進める。静かな部屋にキーボード音だけが響き、ふと集中力が切れた際に自然と自分の左手の薬指に目がいった。

結婚指輪は、実はまだはめられていない。勢いではずして最初は指輪をしていないことに違和感しかなかったのに、今ではすっかり慣れた。

こうやって慣れていってしまうのかな……。

不意に怖くなる。とはいえ自分の気持ちをはっきり固められるまではつけないと決めた。宏昌さんはそんな私の意思を汲んでか、指輪に関しては離婚届を突きつけたとき以来、とくになにも言わない。

結婚について自分の中で折り合いをつけられたら、またはめるつもりだ。でも、まだ結論が出せない。

ずるずるこの状況を続けるのがよくないことくらい私だってわかっている。家では相変わらず優しい宏昌さんだけれど、そこに遠慮やぎこちなさが入り交じっているのを気づかないほど鈍くない。

私、どうしたいの？　どうしたらいい？

ため息をついて作業に戻る。いつもより集中力が続かないし食欲も落ちている。プライベートのことで仕事に支障をきたすわけにはいかない。しっかりしないと。

受付から内線で来客の報せを受けるまで私は作業に没頭していた。

アガタネットの浜崎さんとは何度かお会いしているが、受付から伝えられた名前は別人のものだった。おそらく代理の人だろう。

話はすでにまとまっているが、初対面の相手だと思うとやはり緊張してしまう。てっきり浜崎さんがいらっしゃると思っていた私はコーヒーの準備をしていた。前にいらしたとき、浜崎さんはコーヒーにはスティックシュガーを二本入れて飲むのが癖だと照れくさそうに話していた。そういった情報も押さえておくのは秘書の務めだ。

代理の方に出す飲み物もコーヒーで構わないだろう。電話を受けてからややあって部屋にノック音が響いたので、私はドアを開け客人を出迎えた。

そして現れた人物に私は大きく目を見開く。

「浜崎の代理で来ました、アガタネットの河合綾美です」

優雅に微笑む女性は、先日遊園地で宏昌さんと話していた人だった。シンプルなライトグレーのスーツは彼女の体のラインにフィットし、スカートからすらりと伸びた足は同性の私が見ても目を奪われる美しさがある。

「はじめまして。灰谷社長の秘書を務めている小野です」

驚きで呆然としたもののすぐに頭を切り替え私も名乗る。

「今日は浜崎がお伺いする予定だったんですが、都合により私がお伺いしました。浜崎から、社長によろしくお伝えくださいと言伝を預かっております」

名刺を受け取り、こちらの事情も告げる。

「わざわざありがとうございます。こちらも会議が長引いて社長がまだ戻っておらず、僭越ながら私が契約書を確認させていただきます」

「そうですか、残念です」

さらりと返された言葉に私はつい反応してしまう。河合さんはにこりと笑った。

「彼に会いたかったんですけれどね。両親は結婚式に出席したんですが、小野さんとはお会いするのが初めてですよね。遅くなりましたがご結婚おめでとうございます」

突然プライベートな内容に踏み込まれたが、宏昌さんから彼女の話を聞いていたので、特段驚きはしない。取引先の重役が何人も結婚式に出席していたので、秘書の私が社長である宏昌さんと結婚していると知っている仕事関係者は何人もいる。

「ありがとうございます」

「小野さんは旧姓を使われているんですね」

お礼を告げると、にこやかに話題を振られる。しかし彼女の笑顔はどこか冷たさを帯びていた。それをいちいち気にするほど子どもではない。

「はい。仕事をするうえで便宜上……。河合さんは社長とお付き合いが長いんですか?」

今度はこちらから質問する。すると彼女は口角を上げ、勝ち誇ったように微笑む。

「ええ、長いですよ。彼のことは昔からよく知っているんです」

なんでもない彼女の返答はさっきから小さな棘となって胸にチクチクと刺さる。一方で顔にはそういった素振りをまったく出さずにいた。

「それにしても結婚するまで長かったですね」

「え?」

思わず聞き返した。河合さんは涼しげな表情のままだ。

「家のために結婚する相手が決まったから別れてほしいって一方的に振られた身とし

ては、ずいぶんとやきもきしていたんですよ」

広がる動揺を必死に抑え込みポーカーフェイスを心がける。喉が渇き切って声がすぐに出せない。河合さんは淡々と続けていく。

「彼がウルスラを、GrayJT Inc. を継ぐには、あなたとの結婚が必須だったみたいですね。おじいさまはご兄弟を含め、わざわざご自身で相手を宛がってまで貫禄をつけるためにも家庭を持つことは絶対という考えでしたから」

抱いていた疑惑が確信に変わる。やっぱりという気持ちの一方で、今は心を乱している場合ではないと、もうひとりの自分が訴えかけてくる。

わざわざ私に伝える彼女の意図はなに？　私のどんな反応を期待している？

「でも驚きました。当時高校生だった女の子がこんな綺麗になって優秀な秘書になっているんだもの。彼の思惑通りですね」

『宏昌くん』

記憶の中の声と姿がかぶり、あやふやだった既視感が一本の線になってはっきり浮かび上がる。

そうか。どこかで彼女を見たことがあると思っていたのは、私と宏昌さんが初めて出会ったパーティーで彼を呼びに来た女性だ。

彼女は私を、宏昌さんの事情を知っていたの？　あのとき河合さんと宏昌さんはどういう関係で……。

喉元まで出かかった疑問と戸惑いを飲み込む。

「お褒めにあずかり光栄です。では、契約書の確認を進めても構いませんか？」

話を仕事に戻し、席に着くよう促す。わずかに河合さんの表情が曇ったが話の主導権をこちらに戻さなければ。

彼女が応接用ソファに腰を下ろしたタイミングで私は隣接する給湯室に移動しようとする。

「すみません。私、コーヒーが体質的に飲めないので、お構いなく」

私の動きを読んだ河合さんが告げた。かすかにコーヒーの香りが漂っていたからか。

一瞬迷ったが、この部屋で来客を迎える以上なにも飲み物を出さないのは気が引ける。

「……紅茶ならいかがでしょうか？」

「そこまでしていただかなくても……でも、せっかくですしいただこうかしら」

私の提案に河合さんは嬉しそうに笑った。その顔になにか引っかかりを覚えたが、気のせいだと振り払う。

先ほどの棘のある彼女とのやりとりで警戒心が強くなっているが、あくまで彼女は仕事相手だ。私情を挟むわけにはいかない。

「では少しだけ失礼します」

契約書を改めて確かめる河合さんを背に、紅茶を淹れるため足早に給湯室に向かう。

茶葉はダージリンでいいかな。

あまり客人を待たせるわけにもいかない。用意していたコーヒーは後で私が飲もう。

てきぱきと準備し部屋に戻ると河合さんはソファに座っておらず、私のデスクのそばに立ち、室内に視線を飛ばしていた。

「どうかされました？」

つい不信感の混じった声で尋ねたが、河合さんはまったく気にせずにこりと微笑む。

「いいえ、すみません。素敵な内装だなって見ていたんです」

席に戻る河合さんの前にティーカップを置く。そして真正面に私も腰かけ契約書を受け取った。慎重に不備がないことを確認していく。

すべてに目を通した後、顔を上げ契約完了の旨を伝える。時間もそこまでかからず呆気ないものだが、会社の今後に関わる重要なものだ。

結局宏昌さんが戻らないまま、今後ともよろしくお願いしますと定番の挨拶を交わし河合さんを見送る。しかし部屋を出ていく直前、彼女は唐突に口を開いた。

「そういえばフィデスエレクトロニクス社とのライセンス契約、我が社がもらい受けますね」

内容にもタイミングにも私は驚きが隠せなかった。

フィデスエレクトロニクス社は電子機器を扱う会社で、歴史は長く消費者の信頼も厚い。ただここ数年、開発面での技術がいまひとつらしく、うちとライセンス契約をして技術提供を行う段取りになっている。

顧問弁護士に依頼し、ほぼ決まりかけている案件だ。それをどうして彼女が……。

「どういうことでしょうか？」

固い声で尋ねると、河合さんは優雅に返してくる。

「額面通りに受け取ってください。ウルスラさんが話を進めているフィデスエレクトロニクス社とのライセンス契約の件、アガタネットが代わりに締結させたいと思っています」

「……失礼ですが、技術面では弊社の方が優れていると自負していますし、顧問弁護士を通して粗方話が進んでいるところです」

先方とは前々から念入りに話を進め、納得してもらったうえでここまできた。それをこの土壇場で鞍替えされるとは思わない。

「ええ、そうかもしれません。ですがまだ契約を結んでいないのは事実でしょう。大事なのは先方が最終的にどちらを選ぶかです」

河合さんの自信がどこからくるのかわからない。私の顔色を読んだのか彼女は顔に笑みを湛えたままだ。

「アガタネットは私の伯父が経営する会社で、フィデスエレクトロニクス社とも付き合いがあるんです。伯父はもちろん、私個人としてもフィデスエレクトロニクス社の上層部とは懇意にしている方が何名もいらっしゃるから、弊社が優位だという情報を私が把握しているんですよ」

思いがけない事実に目を見開く。今回の契約を結ぶにあたり、代理とはいえ比較的若い河合さんがひとりでやってきたのは少し違和感があった。しかし今の話を聞いて納得する。彼女は社内ではそれなりの立場で力を持っているらしい。

「この件、詳しく話したいならどうぞ社長によろしくお伝えください。私の連絡先はご存知でしょうから。ビジネスランチでもディナーでもいつでもお付き合いしますよって」

そう言い残して河合さんはさっさと部屋を出ていった。宏昌さんの代理で契約書を確認し、受け取るだけの役割だったが、予想外の展開に頭がついていかない。

なにより河合さん自身の存在にさっきから動揺が収まらない。

落ち着け。とにかく私情を挟まず、記憶が薄れないうちに今の話を正確にメモに残そう。

自身を叱責し、私は自動でスリープモードになっているパソコンに触れ、キーボードに手を添える。そのとき一瞬、妙な感覚に襲われたが気に留めず指を動かした。

それから十分もしないうちに宏昌さんが会議から戻って来た。

「お疲れさまです、社長。アガタネットとの業務提携の契約書、無事にいただきました」

聞かれる前に、先に報告する。そこは想定の範囲内だったらしく彼から取り立てて大きな反応はない。

「コーヒーを淹れましょうか?」

「頼む」

珍しくくたびれた顔をしている宏昌さんに提案し、契約書を手渡した後、私は隣の給湯室へ移動した。

フィデスエレクトロニクス社の件を報告しないと。そして河合さんのことも……。

少しだけ気が重くなる。

お腹に力を入れて、散らかる思考をまとめ目の前のことに集中する。

「契約書の件以外に、いくつか報告があります」

社長の机にコーヒーを置いたのと同時に私は切り出した。河合さんの名前を口にすると、さすがに宏昌さんは驚きの表情を顔に浮かべる。

「お知り合いだと仰っていましたよね」

「ああ」

眉間に皺を寄せるのは会議の疲れか、彼女の話題を振ったからか。宏昌さんは、前髪をくしゃりと掻き上げ大きくため息をついた。

「……確か、遊園地でお見かけした方ですよね？」

あ、これは仕事中の今、振る話題ではなかったかも。

プライベートの境目で迷う私をよそに宏昌さんは軽く頷いた。

「そうだ。彼女の伯父がアガタネットの重役なんだが、久しぶりに会ったとき、彼女から仕事に関する話はなかったんだが……」

「プライベートと仕事を分けたのでは？」

不思議そうにする彼に無意識に冷たく言い放つ。実際は逆だ。ずいぶんと私情を挟んだ言い方と内容だった。

「ひとまずフィデスエレクトロニクス社の件を担当している者に連絡を。今一度、アプローチの方法を練り直す必要がある。それから、再度先方と話し合う機会を設けて意思確認を行わないと」

「承知しました。手筈を整えておきます」

早速行動に移そうとしたら、呼び止められる。

「……彼女、他になにか言っていなかったか？」

そうやって歯切れが悪いのは、なにか言われては困ることがあるから？

『家のために結婚する相手が決まったから別れてほしいって一方的に振られた身としては、ずいぶんとやきもきしていたんですよ』

河合さんの言葉を思い出し胸が痛む。けれど顔にはけっして出さない。

「いえ、話した通りです」

仕事のことではないからと言い訳して、本当はその疑問をぶつける勇気がないだけ。

私だって私情を挟んでいる。

「もしも彼女とお会いするなら仰ってください。段取りしますから」

感情を押し殺して告げる。ビジネスで食事を共にするのはよくある話だし、大事な戦略だ。大丈夫、わかっている。

宏昌さんはイエスともノーとも言わなかった。

仕事を終え帰宅したが、私はシャワーを浴びて自室のパソコンに向かって作業を進めていた。

フィデスエレクトロニクス社に向けて用意したシステム構造の社外用プレゼン資料をどこか改良できないかと頭を悩ませるも、あまり効率よく進んでいない。体は休息を訴えているのに頭の中は仕事が占拠する。

フィデスエレクトロニクス社とのライセンス契約の件については、あれから営業本部長と担当者と連携を取り事情を説明した。

先方にも連絡を入れ、再度話し合う機会を設けることになったが、感触がどうも微妙だった。おそらく河合さんが手を回したのが効いているんだろう。

彼女が懇意にしている人間はどういう立場で何人ほどいるのか。今回の契約に関してどれほどの影響力を持っているのか。できれば向こうの動きに探りを入れたい。

それにしても河合さんとのやりとりを反芻するたびに胃なのか胸なのか体の奥がズキズキと悲鳴をあげる。

『でも驚きました。当時高校生だった女の子がこんな綺麗になって優秀な秘書になっているんだもの。彼の思惑通りですね』

私とは違って宏昌さんが、異性とそれなりの付き合いをしてきたのは、予想していた。七つも年上で彼みたいな素敵な男性を女性が放っておくわけない。

頭では理解していても、いざ付き合っていた女性が目の前に現れたら、あれこれ考えてしまう。

『彼がウルスラを、GrayJT Inc. を継ぐには、あなたとの結婚が必須だったみたいですね。おじいさまはご兄弟を含め、わざわざご自身で相手を宛がってまで貫禄をつけるためにも家庭を持つことは絶対という考えでしたから』

大丈夫。宏昌さんが私と結婚した理由はわかっていた。だから今更傷つく必要はない。

『宏昌くんの人柄も合わせて話しておくよ。今日会ってさらに確信したさ。君は信頼できる人間だ。また仕事の話は改めてにしようか。今日はお互い家族を優先しよう』

『俺じゃなくて千鶴の手柄だよ』

小島社長と会ったとき、宏昌さんがああ言ったのは結婚しているからって意味かな。宏昌さんのおじいさまや小島社長といった年配の方はとくに家庭を持つことに重きを置いている。

河合さんの話が本当なら、宏昌さんはGrayJT Inc.の後継者として認めてもらうために、おじいさまの指示に従って私と結婚したんだ。既婚者の肩書きを得るためにも。


つまり相手が私ではなかったとしても、宏昌さんは同じように結婚していたんだ。

そして、愛されていると錯覚するほど甘やかして大事にしてくれる。

それこそ河合さんは大人の魅力たっぷりで家柄も立場も申し分ない。私はただ恩人の曽孫っていうだけ。

もしもおじいさまに私との結婚を言いつけられなかったら、宏昌さんは彼女と結婚していたんだろうな。河合さんと結婚していたら、アガタネットと繋がりができるどころか、GrayJT Inc.の傘下に収められたかもしれない。

そもそもそんな打算的な考えなどなく、ふたりは純粋に好き合って付き合っていたのかも。

想像が止まらない。息が苦しくて涙が出そうになるのを必死に我慢する。こんな勝手な憶測を繰り広げるのは無意味で無価値だ。でも、苦しい。

そのときノック音が部屋に響き、沈みそうになっていた意識を戻す。なんとか返事をすると扉がそっと開いた。

「千鶴」

目を遣ると、宏昌さんが顔を出す。ここは家なのに彼の方に体を向け私は無意識に仕事のときのように姿勢を正した。

「体調は大丈夫か？　夕飯もあまり食べなかったし、無理せずに休んだ方がいい」

「大丈夫です、すみません」

慌てて言い返したものの宏昌さんは納得していない面持ちでこちらに近づいてくる。椅子に座っているので自然と見上げる形になり、目で追っていたら彼は私の頭にそっと手のひらを乗せた。

「もう切り上げろ。担当者に話は通しているし、千鶴が対応したからって変に気負わなくて構わない」

「そんなつもりはありません。ただ、自分にできることをしようと思っただけです」

だめだ、秘書の調子が抜けない。宏昌さんに言い当てられている部分があるのも事実で、余計に頑なになってしまう。

だって、もしも対応したのが最初の予定通り宏昌さんだったら、河合さんはあんな態度を取っていた？　挑発めいた言い方をしたの？

無意識に顔をしかめていると宏昌さんが軽い調子で呟く。

「やっぱり俺が会議を抜けて戻ってくるべきだったな」

「そんなことないです！」

反射的に叫んでしまい、宏昌さんはもちろん声を発した私自身も驚いた。目を白黒させる宏昌さんからふいっと視線をはずし、再びパソコン画面に向き直ろうとする。

ところが椅子の背もたれを押さえられ、動きを阻止される。次の瞬間、背中と膝下に腕を回され私の体は宙に浮いた。

「わっ！」

突然の浮遊感に宏昌さんにしがみつく。対する彼は私を抱き上げたままさっさと踵を返し部屋を後にする。

「言い方が悪かった。千鶴を信頼していないわけでもないし、仕事を任せたのを失敗だとも思っていない」

私は目を丸くした。どうやらさっき私が反論した件についての弁明らしい。そう解釈して胸が締めつけられる。

違う。本当は河合さんに会ってほしくなかっただけ。ふたりが一緒にいる姿を見たくなかった。個人的な嫉妬で言い放っただけなの。

秘書失格だと叱責し、彼の首に腕を回して首元に顔をうずめる。

「いつも千鶴はよくやってくれている。感謝しているよ。ただ秘書である前に俺の奥さんなんだ。家では仕事より俺のことを考えてくれないか？」

茶目っ気を含めた言い方だったのはこちらを気遣ってだ。いつもなら私も冗談交じりに返すけれど、今は考えるよりも先に言葉が口を衝いて出た。

「考えています」

きっぱりと言い切って私は顔を上げる。虚を衝かれたような顔をする宏昌さんの目をしっかりと見つめ訴えた。

「宏昌さんが〝思うより〟、ずっとあなたのことを考えています」

全部計算されていたとしても、おじいさまに言われたからだとしても、宏昌さんと出会って彼と過ごすうちに私は恋に落ちた。

彼のそばにいたくて、付き合えて結婚できて幸せだった。その気持ちは本物で偽りない。誰にも揺るがせない事実だから。

宏昌さんが私をどう思って、付き合って結婚したのかは関係ない。それを少しでも伝えたくて、わかってほしくて自然と溢れ出た。

そんなに大きくない声が静かな部屋に響き、宏昌さんは整った顔を切なげに歪めると、私の額に唇を寄せる。

たどり着いたのは寝室だ。続けてベッドの上にゆっくりと下ろされ、背中にベッドの感触を受け、天井と宏昌さんを視界に捉える。ゆるやかに覆いかぶさられている状況で彼が影になり、私の視界はほのかに暗い。

宏昌さんが私の頬を撫でゆるやかに口を開く。

「ならそのまま余計なことは考えず今はゆっくり休むんだ」

今度は瞼に口づけられる。

「……そんな小さな子どもじゃないんですから」

私ももう大人で社会人だ。体調管理くらい自分でできる。信用されていないのか、彼の過保護具合が今は少しだけ恨めしい。

勝手だとは思うけれど唇にキスされないことに寂しさを覚えた。この状況はすべて私が招いたのに。

それは今だけ？

もっと触れてほしくて、求めてほしいのに結局いつも自分から口に出せない。はしたないと思われるのが怖い。引かれたらどうしよう。

優しく大事にされているのを実感する反面、全部宏昌さんが初めてだったから、受け入れるだけが精いっぱいで、彼の望むように振る舞えているのか自信がない。

かといって誰かに相談できる内容でもないし。

宏昌さんはどう思っているんだろう？　もしも河合さんとだったら……。

「千鶴」

名前を呼ばれたのと同時に額が重ねられる。漆黒の瞳に捉えられ、瞬きひとつできない。

「俺のことを考えて、そんなつらそうな顔をしているのか？」

尋ねられた質問に心臓が跳ね上がった。自分は今、どんな表情をしていた？

あからさまに動揺する私を宏昌さんは追及することもなく悲しそうに笑う。

「なにがあっても千鶴がどう思っていても、俺は千鶴を愛している。手放したりしない」

臆面もなく告げられ、泣きそうになるのを必死に我慢する。嬉しいはずなのに苦しい。それはこっちの台詞なのに。どこまでが宏昌さんの本心なの？

なにも答えない私に彼は優しく続ける。

「フィデスエレクトロニクス社の件は心配しなくていい。最悪、俺の方でどうにかする」

その言い分に河合さんの顔が浮かんだ。

彼女と会って話をするってこと？

そうだとしても仕事上で必要なら私は彼の秘書として段取りするだけだ。宏昌さんが望むのなら――。

「宏昌さん」

弱々しく呼びかけたら離れようとした彼の動きが止まった。

「もう少しだけ、そばにいてください」

そっと宏昌さんの頬に手を伸ばすと彼は私の手の甲に自分の手を重ね、頬に添わせた。思わず手を引っ込めそうになったが、もちろん逃げられない。

伝わる体温は熱いくらいで肌の感触も合わさってどぎまぎする。宏昌さんは穏やかに笑った。

「すぐに手足が冷たくなる体質、昔から変わらないな」

懐かしむような、からかい交じりの口調だった。触れ合って、意識しているのは自分だけなのだと思うと悔しくなる。

「なら温めてくれますか？」

唇を尖らせ、少しだけ含んだ言い方をしてみる。一種の駆け引きだった。

宏昌さんは、重ねていた私の手を取ると、ゆるやかに自分の口元に持っていき指先に口づけた。

嫌味にならないその仕草に見惚れているとふと彼と視線がぶつかる。

「喜んで」

低く魅惑的な声色で囁かれ、体温が上昇する。完全に私の負けだ。この後の展開をなんとなく想像するも身動きが取れない。

宏昌さんは私との距離をさらに縮め、その弾みで体重のかかったベッドが軋む。けれど次の瞬間、私の予想は大きくはずれた。彼が体を倒したのは私のすぐ隣で、目で追う間もなく宏昌さんが背後から私を強く抱きしめる。

背中から体温がじんわりと伝わり、耳元に彼の息遣いを感じる頃になって、ようやく現状を把握する。私はすっぽりと彼の腕の中に包まれた。

「宏昌さっ」

語尾が上擦り、肩を縮める。彼が耳の裏に唇を寄せたからだ。

「相変わらず弱いな」

笑い声さえも、吐息が肌にかかり刺激される。離れたいのに回された腕が力強くてされるがままだ。

「千鶴」

唇を引き結び耐えていると、真剣味を帯びた声が耳に届く。

「少しだけと言わず、千鶴の気が済むまでいつまでもそばにいる。だから、遠慮せずにもっとねだってくれないか？」

彼はきっとこの後、仕事に戻るつもりだ。私よりもしなくてはいけないことも多い。

自分の気持ちを優先していいの？

純粋に愛されていると思っていたときにはなかった迷いが、胸をざわつかせる。

私は前に回されている宏昌さんの手をぎゅっと握りしめた。

「もしも……もしも私と結婚していなかったら、宏昌さんはどうしていました？」

脈絡のない質問に宏昌さんが困惑しているのが伝わってくる。紡ぐ言葉を悩んでいるのも。

「……少なくとも、今みたいにはなっていないな。人間的にも未熟で……おそらく会社も任されていなかった」

最後の言葉に、私は顔を強張らせた。宏昌さんから見えない角度にいることに改めて感謝する。ポーカーフェイスを作る必要はない。

「どうした、急に？」

彼が不思議がるのも無理はない。頭を撫でられながら尋ねられ、私は続けようと思った質問を飲み込む。

私と結婚してよかったですか？

それを聞いてどうするの。どんな返答をもらってもきっと素直に受け取れないのに。

「千鶴は……俺との結婚を後悔しているのか？」

不意打ちの問いかけに目を見張る。振り向くと切なそうな顔をした彼と目が合い、私も泣きそうになった。

なにか言われる前にそのまま宏昌さんの方へ身を翻し、彼の胸に顔をうずめる。首を横に振って否定すると、ぎこちなく頭を撫でられた。

「悪い、疲れているときに妙なことを聞いたな」

「……違うんです。宏昌さんはなにも悪くないんです。私が、私が……」

勝手にあれこれ考えて不安になっておいて、本当のことを問いただす勇気もない。

中途半端な態度を取って彼を傷つけている。

「ごめん、なさい」

「謝らなくていい。千鶴がこうやってそばにいてくれたらそれだけで十分だ」

規則的な心音と伝わってくる体温に、私は目を閉じる。そして心の中で強く決意した。

フィデスエレクトロニクス社の件が落ち着いたら、宏昌さんに事実を知ってしまったことを話して、彼の本音を聞こう。どんな結果でも受け止める。

『最初から君の気持ちが完全に自分に向いていないのもわかっていた。でも好きだった。幸せだったよ……だから、誰よりも幸せになってほしい』

現実は、あんな穏やかにはいかない。きっと彼を責めたり、泣いてしまうかもしれない。けれど、私だって宏昌さんには、誰よりも幸せになってほしい。突きつけた離婚届が必要になる覚悟はしておこう。

大きな手のひらが短くなった私の髪を撫でる。心地よくて安心する。昔からそう。冷たかった手足もいつの間にか温かい。この手を私は放せるのかな?

ゆるゆると睡魔に誘われる。唇にかすかな温もりを感じたのは気のせいだったのか。瞼が重くて確かめられず、私はそのまま夢の世界に旅立った。

第五章　左手の薬指に交渉を

　河合さんが社長室を訪れてからちょうど一週間後、朝から部屋は張りつめた空気が漂っていた。

　今日は例のライセンス契約についてフィデスエレクトロニクス社から担当者を含め経営にも携わる重役など六人ほどやってくる。

　今までにない人数に、おそらく今日の会をもって契約を結ぶかどうかが決まる。

　プレゼンや契約内容については担当者が行う予定だが、宏昌さんも社長として同席し、彼には松田さんがつく予定だ。

　会議に使う部屋、三階のカフェからのケータリング、資料の手配など私は事前準備に徹し、後は通常の業務に専念する。

　いくらフィデスエレクトロニクス社の上層部が、アガタネットの重役である河合さんの伯父さまや河合さん自身と繋がりがあっても、システムの性能と契約料を鑑みれば、うちを選ぶはずだ。

　ただ、会社利益より古くからの付き合いを優先する経営者が多いのも事実で、それ自体が悪いことだとは思わない。けれど今回の契約はほぼうちで決まりかけていた話だ。ここにきて覆させるわけにはいかない。

その思いは担当者をはじめ、宏昌さんもきっと同じだ。大丈夫、上手くいく。

ちらちらと時計を気にしつつ作業が一区切りついたとき、会議に同席していたはずの松田さんが血相を変えて部屋に戻ってきた。

いつも穏やかで紳士的な松田さんが、あからさまに動揺しているので、私は思わず立ち上がる。

「松田さん、どうされました?」

「ちょっと想定外のことが起こってね。一度休憩を取って十五分後に再開することになった」

「想定外?」

おうむ返しをすると松田さんの顔がより一層険しくなる。

「どこからか社外秘のシステム運用テストの結果が先方に漏れていたんだ」

「え?」

まさかの事態に私は息を呑んだ。運用テストはシステムを移行する前の最終段階で不具合がないか確認する試運転のことだ。

社外用にまとめたものとは別に、本データが流出したらしい。そんな事態はいまだかつてなかったから松田さんの狼狽も無理はない。

「しかもたちが悪いことに中途半端に数値をいじられているんだ。おかげで先方は、システム自体はもちろんうちの会社にも不信感を抱いていて交渉は難航している」

「そんな……」

松田さんはパソコンの前に大股で近寄ると苛立ちと焦りを滲ませ、乱暴にキーボードを叩いていく。

「相手は、テスト結果の出所はどこだと仰っているんですか？」

「それが……信頼できる筋からといってはっきりとは言わないんだ」

正確なデータを外部メモリにコピーした松田さんは大きく息を吐いた。

「先方はこちらの説明に耳を貸そうともしないし、すでに他の会社と契約をするつもりだとまで話している。この本データを見せても、相手の心をどこまで動かせるかわからないが……」

そう言い残すと慌てて会議室に戻っていった。あまりの出来事に私も呆然とする。

どこからデータが流出したの？　うちのシステムを考えると、ハッキングの線は薄い。そうなると産業スパイ？

フィデスエレクトロニクス社にそんな余裕があるとは思えないし、本データから数値を変える意味はある？　契約料を値下げするため？

でも料金交渉の前にそもそもうちと契約するかどうかの話で今、躓（つまず）いている。なら、この状況で得をしているのは……。

そこまで考えて、ある可能性が浮かんだ私はマウスを素早く操作する。そして自分のパソコンにあるファイルのアクセス履歴にざっと目を通していった。

心臓がバクバクと音を立て、背中に嫌な汗が伝う。自己嫌悪に陥りそうな仮説を立て、それを否定したい気持ちが自分の中でせめぎ合い、震える手に力を込めた。

例の運用テストの結果ファイルは私のパソコンからも閲覧できる。お目当てのファイル名の横にはちょうど一週間前の日付が表示されていた。

河合さんがアガタネットとの契約書を持って、ここにやってきた日だ。私はアクセスした覚えはない。

『どうかされました？』

『いいえ、すみません。素敵な内装だなって見ていたんです』

あのときこの部屋で彼女はどこに立っていた？　なにをしていたの？

わざわざコーヒーは嫌いだと告げ、紅茶を用意するように指示したのは偶然？

さらに思い出すと来客を迎える際、私は自分のパソコンの電源を落とさずそのままにしていた。

頭を振った。状況的に見て河合さんがデータを持ち出した可能性は高い。とはいえ証拠もないし、今大事なのはそこじゃない。

このパソコンからデータが流出したとするなら、私の責任で上手く進んでいたフィデスエレクトロニクス社との契約がだめになりそうになっているんだ。

落ち込んでいる場合でも戸惑っている時間もない。

そのとき私のデスクにある電話が鳴り響き、外線なのを確認しつつ私は受話器を取った。

「はい」

『こんにちは。フィデスエレクトロニクス社との交渉は上手くいっています？』

相手は名乗りもしなかったが、声と内容ですぐにわかった。河合さんだ。

「なんのご用件でしょうか？」

さすがに穏やかな気持ちではいられない。眉をひそめ尋ねると、電話の向こうで彼女が微笑んでいるのが伝わってきた。

『社長に伝言をお願いしたいんです。今回の契約がどのような結果になったとしても、今度私とふたりで会う約束をしてくださるなら、あなたの望みは叶うかもしれないって。ずいぶんと不利な局面を迎えているのでしょう』

彼女の言い方は脅迫ではなく、むしろ窮地に陥っている我々に救いの手を差し伸べている体だ。

「それは……アガタネットさんが今回の件から手を引くという認識で構いませんか?」

『ええ。そう受け取ってくださって構いません。なんならそのまま社長にお伝えください』

私は唇を噛みしめる。

この状況を作り出した張本人かもしれないのに、なにも言い返せない。彼女がデータを持ち出した証拠がない以上、下手なことを言ってこちらの立場を余計に悪くする事態だけは避けなければ。

「……わかり、ました」

喉から振り絞って出した声に、相手は満足したようだった。さっさと電話を切り、ひとまず宏昌さんに報告しようと部屋を飛び出し彼を探しにいく。まだ休憩時間中のはずだ。

予想通り、会議室近くの部屋の前で彼の後ろ姿を見つけ、下品にならないよう音を立てず足早に近づいていく。

ところが、「社長」と声をかけようとして、すんでのところでやめた。

宏昌さんは厳しい面持ちで松田さんとなにかを話している。おそらくこの後の交渉についてだ。

今の宏昌さんに河合さんの話を伝えてどうなるの？

それで彼は、フィデスエレクトロニクス社の件に対し気を揉まずに済むと安心する？

そして私の口から提案する形で、契約のために河合さんとふたりで会うの？

宏昌さんは自分の仕事に誇りを持っている。結果だけではなくそこに至るプロセスも大事にする人だ。

『私の連絡先はご存知でしょうから。ビジネスランチでもディナーでもいつでもお付き合いしますよって』

けれど河合さんは、宏昌さんに会いたいんだ。

たとえ褒められたやり方ではなくても、仕事も宏昌さんも手に入れたい。それほどの気持ちが彼女にはある。

付き合っていた自分を差し置いて、祖父の言いつけで他の女性と結婚するために別れを切り出されたら、私だって簡単に割り切れない。諦めきれずに引きずってしまう。

だから河合さんに同情して、彼女の望み通りに動くの？

ぞろぞろと人が会議室に戻りだし、我に返った私は急いで踵を返した。

しっかりしないと。今は河合さんに対する個人的な感情は必要ない。彼の秘書としてミスを取り返すことだけに集中する！

自分に言い聞かせ頭をフル回転させる。先方はこちらがいくら説明しても、偽のデータと河合さんの伯父さまとの繋がりで、アガタネットとの契約に心を傾けている。

この条件を踏まえて、それでもうちと契約したいと思わせる必要があるんだ。

選ばれる側でいたら後手に回るだけ。なんとか交渉の主導権を取り戻さないと。

考え抜いた結果、パソコンのキーボードを叩き、自分のデスクにある電話に手を伸ばす。先ほど、河合さんから連絡を受けた電話で、私はある番号を押していく。

こんなことで上手くいくとは限らない。けれどなにもしないよりマシだ。その結果、宏昌さんに軽蔑されたり嫌われたりしても。

手筈を整えて、私はまとめていた髪をほどき眼鏡をはずすと化粧を改めて念入りに施した。傍から見たらこの状況でなにをしているのかと苦言を呈されそうだが、大きく出るためには見た目も重要だ。第一印象は最初の三秒で決まる。

タブレットを持ち部屋を出て、自分を鼓舞するために今度はヒールの音を立てながら真っすぐに会議室に向かった。

会社のために、宏昌さんのために自分ができることをする。私は彼の秘書なんだ。

「失礼します」

扉をノックして入室すると、ほぼ全員の視線を一身に受ける。当然と言えば当然だ。交渉の真っ只中、この場に異質の存在が現れ、場がざわついた。

心臓がバクバクと音を立てるが、顔には出さないよう努める。

「どうした？」

返事をしたのは宏昌さんだ。私は仕事用のとびきりの笑顔を彼に向ける。

「フィデスエレクトロニクス社と契約を結ばれたのか確認しにきたんです。まだでしたら先に申し上げることがありまして」

「……それは、今この場で必要なのか？」

宏昌さんは眉を吊り上げ、他の面々も困惑めいた表情を浮かべた。

従順でおとなしい秘書はいらない。気が強い女性を演じないと。私は魅惑的な笑みを浮かべる。

「ええ。フィデスエレクトロニクス社の皆さま、お騒がせしてすみません。ですがそちらの契約にも関わってくる案件だと思いまして。用件をお伝えしてすぐに退出しますのでお時間一分いただけませんか？」

困惑しつつフィデスエレクトロニクス社側は受け入れる姿勢を見せたので、私は宏昌さんの方に真っすぐ向き直った。

「カタリーナ・テレコムからうちとのシステム契約の件についていい加減、話をしたいと連絡がありました」

突拍子もない話題に誰もが目を丸くする。話についていけない中でフィデスエレクトロニクス社の社員たちは、カタリーナ・テレコムの名に反応した。業界に精通していなくてもその名は誰もが知っている有名企業だ。

宏昌さんにとっても寝耳に水の話で、事情がわからずわずかに眉をひそめている。

松田さんは目を点にしていた。しかし私は顔色を変えず堂々と伝える。

「社長が先にお付き合いのあったフィデスエレクトロニクス社との契約を優先するお気持ちはわかります。しかしいい加減カタリーナ・テレコムにお返事すべきです。間に入るのはいつも秘書である私の役目ですが、そろそろ限界です」

「……それが君の仕事だろう」

探るようではあるが、社長として宏昌さんは冷静に答えた。なにを馬鹿なことを言っているのかと無下にされないのは、それなりに信用してもらえているからだ。

内心でホッとし、淀みなく私は続ける。

「ええ。ですから自分の仕事がしやすいように言わせてください。フィデスエレクトロニクス社の皆さま、もしカタリーナ・テレコムと弊社で話が進んだ場合、状況によっては提示していた契約料を変更する可能性があります。社長はそういった事情を考慮し、先方との話を待たせているんですが、私の力不足でこれ以上は厳しいということをお知りください」

カタリーナ・テレコムが先にうちと契約した場合、おそらく大きな話題となりシステムの注目度と信頼性が上がって、必然的にその後に結ぶ契約料は値上がりする流れになる。

それがわからないほどフィデスエレクトロニクス社側も鈍くはない。ようやく話が見えてきたらしく、焦り出す彼らにもう一押しだ。

「私個人の意見としましては、そちらが他社と契約を結ぼうと構いません。我が社にとって損失にはなりませんので、どうぞお気になさらず。なんのデータを参考にされているのかは存じ上げませんが、冷静なご判断を」

不躾な言い方に対し、フィデスエレクトロニクス社の社員には不快さより動揺が走っている。

「私からは以上です。では、失礼し」

「待ってくれ」

声をあげたのはフィデスエレクトロニクス社側に座る老齢の男性だ。最初私がこの部屋に入ったときは、余裕たっぷりにどこか不敵な笑みを浮かべて座っていたのに今はその面影もない。

「いつまでなら待っていただける？」

「できればすぐにご決断いただけると幸いですね。ですが、あくまでも私の意見なので社長や担当者と話してください」

そこで宏昌さんに視線を送り、すぐにはずした。今、彼と目が合えば被っている仮面がいとも容易く剝がれ落ちそうだから。

戸惑っているのは相手方で隣同士顔を見合わせコソコソと話しはじめた。そこで私はわざとらしく肩をすくめてみせる。

「我が社の正確なデータに基づいた説明を今から改めてお聞きになるでしょうし、明日まででしたら」

「わかった」

説明途中で弱々しく返されたが、その回答だけで今は十分だ。あとは担当者がなんとかするだろうし、宏昌さんもいる。

「では、今度こそ失礼します。会議中に申し訳ありませんでした」

颯爽と、何事もなかったかのように私は部屋を後にする。そのままひたすら歩を進め、人がいないところまでやってきたのを確認し、その場でしゃがみ込んだ。

心臓が激しく音を立て、息も上手くできない。どっと汗が噴き出し、今になって体が震えだした。大見得を切ったおかげで、途中から宏昌さんの顔が見られなかった。

カタリーナ・テレコムの話は半分、はったりだ。先ほど電話したのは以前、遊園地でお会いした小島社長で、カタリーナ・テレコムとの正式な橋渡しをお願いし、今度オンラインでの会談を行う話になった。

小島社長から聞く限り、向こうはこちらのシステムに興味を持っているのは間違いないらしく、そのことを受け、やや誇張した形であんな手に出たのだが、完全に嘘をついたわけでない。

あの様子なら、この後の交渉はうちが主導権を取り戻し、契約もこちらのペースで進められるはずだ。それほどカタリーナ・テレコムの影響は大きい。

あくまでも秘書である私が勝手に暴走したことで、社長はフィデスエレクトロニクス社との契約を大事にしたいと印象づけられただろうし、仮に事実が知られたところで私個人の問題として責任を負えばいい。

秘書を辞めることになっても、社長や会社の体面が守られたのならそれで構わない。

宏昌さんは、どう思ったかな。呆れられるだけならまだしも、こんなやり方は軽蔑されたかもしれない。

胸がズキズキと痛み、重い足取りで社長室に戻った。

とはいえ仕事などまったくはかどらず会議の行く末も気になり、ただ時間だけが過ぎていく。これじゃ給料泥棒だ。

自分のしたこともあって気分が乗らず、潔く早退を決める。今日の仕事は終わらせているし、消化しなければならない代休もあった。

部屋を出た途端、喉の渇きを覚えて、いつものカフェに寄ろうかと考える。しかしなんとなくそんな気分にはなれず、休憩や簡単な打ち合わせができる共用スペースに足を運んだ。

ここにはいくつかの自動販売機が設置されていて、私は味付きのミネラルウォーターを選んだ。

空いている席に腰かけ、ペットボトルの蓋を開けて口をつける。味付きのはずがあまり味を感じられなかったが、喉を潤すには関係ない。

ちらりと腕時計を確認したときだった。

「お疲れさま」

声をかけられ視線を向けると、若い男性がにこやかにこちらに歩み寄ってきた。フィデスエレクトロニクス社の社員だと気づき私は背筋を正す。

訪れていた面々の中で一際若く、おそらく二十代の彼は、印象に残っている。

緩く毛先を遊ばせた茶色の髪に、人懐っこそうな笑顔。小紋柄のヴィンテージ調ネクタイは遊び心を忍ばせ、雰囲気からおそらく営業の人間だ。

「フィデスエレクトロニクス社の石橋（いしばし）です。今回の契約、上司の補佐として同行したんだけれど、面白いものが見られてよかったよ」

それはどういうニュアンスなのか。蔑みか、からかいか。つい警戒心を含めた目で見つめていると彼は慌てて弁明してくる。

「勘違いしないで。俺は元々ウルスラさんと契約すべきだと思っていたしそう言ったんだ。でもお偉いさんはお世話になっている人がいるからって、この土壇場で他社と契約するなんて馬鹿なこと言い出すし。情だけでやっていけるなら業績が落ち込むわけないだろうにって」

一気に捲し立てた石橋さんは、そこで改めて笑顔を向けてくる。派手な顔立ちではない分、嫌味がない。

「だから感謝してるんだ。君がいい流れを作ってくれた。何人かはウルスラさんと契約するのがうちにとって有益なのはわかっていたし、他社に乗り換えようとしていたお偉いさんもこれで納得せざるをえない」

「私は自分の立場から好き勝手に物申しただけなので、感謝される覚えはありません」

冷たく返したにもかかわらず、石橋さんは、笑みを崩さない。

「またまたー。あの場は完全に君の手中に落ちていたよ。俺も営業として見習わないと」

訝しげに相手を見つめると、彼はおもむろに私との距離をさらに縮めてくる。

「ミルグラム効果……カタリーナ・テレコムの名前を出したのは大正解だったね」

突拍子のないように思えた石橋さんの発言に、私は目を見張る。

「最初に『一分』だってイーブン・ア・ペニー・テクニックを使って、自分の話を聞くように持っていく。逆に決断を迫るときはドア・イン・ザ・フェイスで、妥協する素振りを見せて、こちらは明日までに返事をする流れになった。違うかな？」

彼が口にした単語は、営業なら知っている交渉を有利に進める心理学用語だ。彼の言う通り、わざわざ意識してあの場で使用した。

彼はにこりと微笑む。

「知っていても、あんなふうにさりげなく使うのは難しい。現にあの場で気づいた人間はほとんどいないんじゃないか？」

思った以上に彼は優秀でこちらの思惑も用いたテクニックも見破られている。でも、契約はうちとするつもりだと話していたから、なんのつもりなのか。

私の不信感溢れる眼差しを受け、石橋さんは頭を掻く。

「そんな目で見ないでよ。ただ純粋に君に興味があってさ。よかったら改めて会わない？」

続けられた言葉に私の頭は混乱するばかりだ。

「……私に取り入っても御社にとって有益なことはなにもありませんよ」

「それ、本気で言ってる？」

真面目に忠告したのに、石橋さんは打って変わって大笑いする。ますます理解できない流れになってきた。

「え、意外。これも思惑通りならたいしたものだけど……そうじゃないでしょ？」

「……意味がわかりません」

素直に答えると石橋さんは笑みを潜め、私の隣に無遠慮に座ってきた。

「誘っているんだ。プライベートで会おうよ。連絡先を教えて」

真剣な表情と声色に私は柄にもなく狼狽えた。冗談ならまだしも、仕事でもプライベートでも今まで男性から個人的に誘われた経験なんてない。

今は結婚指輪をはめていないのもあるから？

とっさに既婚者だと伝えようとしたが、さっきの今で、もしも私が宏昌さんの妻だと知られたら会社や宏昌さんのイメージを損ねてしまうのではと不安が過ぎった。

それに、別れる可能性だって……。

「うちの秘書がなにか？」

返答に迷っていたら、低く冷たい声が割って入ってきた。意識を向けると険しい顔をした宏昌さんがこちらに真っすぐ近づいてきている。

息を呑んで硬直したのは私だけで、石橋さんは素早く立ち上がって頭を下げた。

「このたびはお世話になります。いいえ、僕が個人的に彼女に興味があって声をかけたんです」

相手が取引先の社長だろうと石橋さんの飄々とした態度は変わらない。宏昌さんの眉が不快そうに吊り上がったが、彼はまったく意に介さずに続ける。

「今回のことでフィデスエレクトロニクス社に対し、思うところは色々あるかと思いますが……」

「わかっていますよ。ただ個人的にと言うなら尚更彼女のことは諦めてもらおうか」

静かに宏昌さんが言い返すと、石橋さんが少しだけ面食らった顔になる。私は口を挟めず成り行きを見守るだけだ。

「ご自分の秘書とはいえそこまで口を出しますか？」

どこか挑発めいた口調の石橋さんに対し、宏昌さんは怒るでも嫌悪するわけでもなく含みのある笑みを浮かべた。

「出すさ。あいにく自分の妻が他の男に口説かれているのを、指をくわえて見ているほど人間できていないんだ」

宏昌さんの発言に私は目を見開く。石橋さんは、今度こそ呆気に取られていた。そんな石橋さんを無視して、宏昌さんは私のそばまで来ると立つように促す。

言われるがまま立ち上がった後、宏昌さんが「そうそう」と言いながら唐突に石橋さんの方を向いた。

「フィデスエレクトロニクス社さんとは、今後ともビジネスパートナーとして〝ほどよい距離感〟を保っていきましょう。他の皆さんにもよろしくお伝えください」

口をぽかんと開けた石橋さんが目に入ったが、そこまでだった。さりげなく肩を抱かれ、彼を視界から退けるように前を向かされる。

足早にその場を去ろうとする宏昌さんに私も歩を進めはじめた。

有無を言わさない強引さに体が強張っていく。なんとなく不機嫌なのが伝わってきて、その原因は間違いなく私なのだと思うと胸が軋んだ。

やっぱりあのやり方はまずかったのかな？　それともフィデスエレクトロニクス社の社員と雑談していたから？

そもそもこんなところ誰かに見られたら……。

公私混同しないという話だったのに宏昌さんは私の肩を抱いたままだ。あれこれ考えているうちに、あっという間に社長室にたどり着く。

結局、他の人に会うことはなかったが宏昌さんは厳しい面持ちを崩さない。会社では、見慣れている表情だけれど、今はいつも以上に圧を感じる。ふたりきりだとしても。

「あ、あの……」

「フィデスエレクトロニクス社とのライセンス契約、当初の予定通りうちで決まった」

前触れもなく端的に会議の結果を聞かされ、私は目を見張る。宏昌さんは軽く息を吐くと、私の方を見てかすかに笑った。

「……千鶴のおかげだな」

安堵感の混じった言い方に、私の中のなにかが弾けた。壊れた人形のようにぎこちなく首を横に振る。

「い、いいえ。違う……違うんです。そもそも先方にうちの運用テストの結果が漏れたのは、私のせいなんです」

きっぱりと言い切ると宏昌さんが目を見開いた。

そうだ。宏昌さんに褒められることはなにひとつない。今回の件は、私の詰めの甘さが引き起こした。だから……。

一度唇をきつく引き結び、極力感情を込めずに事実のみを伝えていく。抑揚のない口調で今日あった河合さんの電話の件までを報告した。

「ただ、河合さんがデータを持ち出した証拠はないですし」

「状況からいって彼女しか考えられないだろ」

念のためフォローするが、宏昌さんは眉をひそめたままだ。

「ですが」

「なぜ彼女を庇う必要がある？」

嫌悪感交じりに問いかけられ、私は言葉に詰まる。

私だって十中八九、河合さんの仕業だと思っている。けれど、それ以前に責められるのは私のミスで、もっと言えば……。

「宏昌さんは、本当は彼女と結婚したかったんじゃないかって」

思わず漏れた本音に、慌てて口をつぐむが、もう遅い。

宏昌さんにもしっかり聞こえていたらしく、彼も驚いた顔をしている。

告げ口みたいで嫌だった。彼女に負けるみたいで。

喉に力を入れるとぎゅっと締まり、声を封じ込める。

「千鶴、俺は」

なにかを言いかけた宏昌さんが言葉を止める。正確には聞こえなくなった。

一瞬で視界が滲むと、合わせて鼻の奥がツンと痛む。まるで水の中にいるみたいだ。

認めたくないのに、熱いものが頬に滑り、自分が泣いているのだと実感する。

「……っ」

必死に唇を嚙みしめて耐える。仕事中、しかもよりにもよって宏昌さんの前で泣くなんて最悪だ。でも、止められない。

心の奥にしまっていた本音も。

『最初から君の気持ちが完全に自分に向いていないのもわかっていた。でも好きだった。幸せだったよ……だから、誰よりも幸せになってほしい』

ごめんなさい。やっぱり私はそんなふうに割り切れない。

「……っ、ないで」

妻としても、秘書としても不十分なら、どうやって宏昌さんを繫ぎ止めたらいいんだろう?

どうしたら好きだった彼女と別れてでも私を選んでよかったって思ってもらえる?

わからない。わからないの。

「……行かないで」

河合さんのところに行かないで。あの人とふたりで会ったりしないで。

やっぱり宏昌さんのことが好きだから、離れないでほしい。

感情に振り回されて、子どもじみた真似をして、このままだとさらに失望されてしまう。

早く宏昌さんに追いつきたくて、対等になりたくて、ずっと背伸びして走り続けてきたのに。

……もう息が切れそうなの。

宏昌さんの顔が見られない。どう思われたのか、不安が胸を覆い尽くしていく。すると突然、正面から力強く抱きしめられた。

「千鶴を置いてどこに行くんだ。絶対に手放さないって言っただろう。……俺は、千鶴以外を欲しいと思ったことは今まで一度だってない」

低く真剣な声色に、いつもなら素直に頷くところだ。けれど私はずっと言えなかった質問を口にする。

「……それは、私が恩人の曽孫で、私との結婚が会社を継ぐ条件だっておじいさまに言われたからですか？」

小さく掠れた声になってしまったけれど、十分彼に伝わる距離だった。宏昌さんは抱きしめていた腕の力を緩め私の両肩に手を置くと、まじまじとこちらを見つめた後、切なげに顔を歪めた。

「彼女になにか言われたのか？」

彼女が河合さんを指すのだと理解し、私は返事を悩む。正確には河合さんが発端じゃない。

動揺している宏昌さんの様子に、やはり事実だったんだと改めてショックを受ける一方で、ずっと引っかかっていたことをぶつけられて、幾分か心が軽くなるのを感じる。

どちらかと言えば後者の方が大きいのかも。

「祖母に……。最近、認知症の症状が出てきて、昔の祖父とのやりとりなどを教えてくれたんです。ごめんなさい。全部知ってしまったんです」

おずおずと白状すると宏昌さんは痛みを堪えるような表情で私の頬をそっと撫でた。

「千鶴が謝る必要はなにもない。そうか。そうだったのか。それで千鶴をずっと不安にさせていたんだな……悪かった」

止まっていた涙が再び溢れそうになるのを我慢し、私は静かに首を横に振った。

「全部、教えてください。どんな内容でも受け止めますから」

覚悟を決めて告げる私に、宏昌さんは顔を近づけしっかりと視線を合わせた。

「わかった。今更かもしれないが、すべて話すよ。ただ、俺が愛しているのは今も昔も千鶴だけだ。他の女は眼中にない。これだけは信じてほしいんだ」

こつんと額を重ね、はっきりと言い切る宏昌さんに、小さく頷く。ところが途端に彼はばつが悪そうな顔になった。

「会社では公私混同しないって言っておいて、結局俺の方が破っているな。さっきも千鶴が他の男と親しくしているのを見て、じっとしていられなかった」

「あ、あれはですね。別に親しくしていたわけじゃないんです。ただ珍しがられたというか、あの方が物好きと言いますか……」

宏昌さんの指摘に打って変わって早口で捲し立てる。変に誤解されたくない。というより、よく考えれば誤解もなにも……。

「仕事中にすみません。でも私、そもそも異性に誘われたり好意を寄せられた経験自体、ほとんどないですし」

弁明のつもりで言ったが、さすがに虚しくなる。異性絡みで煩わしい思いをするのは嫌だけれど、そういった経験がほぼないのもどうなんだろう。

私、やっぱり女性としての魅力がないのかな。

「自覚がないのかもしれないが、千鶴は十分に魅力的でいい女だよ。むしろこちらの心配が絶えなくて、変な男が寄ってこないように付き合ったときから指輪を渡していたんだ」

「え？」

思いがけない宏昌さんの告白に私は間抜けな声をあげた。

宏昌さんは私の空いた左手を取り自分の指を絡めると、そっと薬指の指元を撫でる。

そこに今はなにもつけていない。

「左手の薬指に指輪をしている異性に近づいてあえて口説こうとする人間は少ない。おかげでここのところ千鶴が結婚指輪をはずしているからずっとやきもきしていたんだ」

付き合い出してすぐに宏昌さんから指輪を贈られた。シンプルだけれど大学生がするには不釣り合いな代物で、当時の私は嬉しさを通り越して怖気づいた。

でもつけていてほしいと真面目な顔で訴えられ、それから婚約指輪を経て結婚指輪と私の左手の薬指は基本的に指輪をつけている。

まさか宏昌さんがそんなことまで考えていたなんて思いもしなかった。

「じゃあ……今までずっと宏昌さんが守っていてくれたんですね」

自分の中で結論づけて温かい気持ちになる。自然と笑みがこぼれ宏昌さんを見ると、目を見開いて固まっている彼が目に入った。

もしかして見当違いなことを言ってしまったのかもしれない。さっと血の気が引いてフォローしようとしたら繋がれていた手を引かれ、再び強く抱きしめられた。

「……千鶴があまりにも可愛いことを言うから、理性が飛びそうになった」

「な、なに言ってるんですか！」

さらりと彼の口から紡がれた言葉に私は過剰に反応する。

「しょうがない。千鶴が職場で煽るから」

「人のせいにするのはやめてください」

そこまでやりとりして、ふっと肩の力が抜ける。こんなふうに宏昌さんと会話したのはいつぶりだろう。

戸惑いつつ彼の背中に腕を回して顔を上げると、至近距離で目が合う。真っすぐな深い黒色を宿した瞳に捕えられた。

「千鶴を守るとかそんな高尚な理由じゃない。俺が千鶴を誰にも渡したくないし触らせたくないだけだ」

泣いた目尻に親指を滑らされ、そっと口づけが落とされる。宏昌さんに触れられるたびに少しずつ心が落ち着いていく。ごく自然な流れで唇が重ねられ、私も受け入れた。同時に冷静さを取り戻し、自分の置かれている状況を思い出す。

私は慌てて宏昌さんから距離を取ろうとした。

「す、すみません。仕事中に」

よく考えると密着したことで彼のスーツを涙や化粧で汚してしまった。狼狽えている私に宏昌さんは「ちょっと落ち着け」と頭に手を乗せてくる。

「俺も帰る準備をしてくるから、少し待っていてくれないか」

「ですが……」

素直に受け入れられずにいた私に、宏昌さんが説明していく。

「今日は、どっちみちフィデスエレクトロニクス社との契約話を詰めるのがメインだったし、小島社長にはさっき連絡を入れておいた」

彼の口から小島社長の名前が飛び出し私は目を瞬かせる。すると宏昌さんは優しく笑って私の頭を撫でた。

「千鶴が手を回してくれたんだな。助かった。心配しなくてもカタリーナ・テレコムとの契約も必ずものにする」

どうやら宏昌さんには私の行動は全部お見通しだったらしい。やっぱり彼には敵わない。

「ほら。だからなにも心配しなくていい。一緒に帰ろう、奥さん」

余裕たっぷりに微笑む表情は、ウルスラの社長でもあり私の大好きな旦那さまの顔だ。私はこくりと頷いた。

第六章　幸せな結婚、その後

帰りの車の中で宏昌さんから河合さんと電話で話してケリをつけたと聞かされたときは心臓が口から飛び出そうになった。

確かに、帰り支度をする宏昌さんを社長室で待っていたら、なにかを思い出したように『悪い。どうしてもひとつだけ、今すぐ片付けたい案件があるから、先に駐車場に向かっていてくれないか』と告げてきた。

仕事なら私も付き合うべきだと申し出たが、やんわり拒否され、宏昌さんの車の鍵を渡される。『すぐに終わらせるから』と笑顔で言われ、私は頷いて彼の指示に従った。

その案件が、まさか河合さんに電話することだったなんて。

具体的になにを話したのか、聞きたいような、聞きたくないような。会社同士に関する話なら私も聞いておくべきだ。

複雑な思いで運転する彼の横顔を見つめる。

「もう彼女にはたとえ仕事絡みでも二度と会わないし、連絡を取り合うこともしない」

　どうやら会社を巻き込んだものではなく、宏昌さんと河合さんの個人的なやりとりだったらしい。

「……よかったんですか？」

　宏昌さんの気持ちというより、河合さんのご家族との関係性だ。宏昌さんのご両親と河合さんのご両親は仕事関係も合わさり、親しくしていると言っていたから。

「ああ。本当は、今回のデータ流出の件を厳しく追及すべきだと思うが、一応彼女は自分の行為を素直に認めたし、アガタネットとの付き合いは今後も続く。彼女が個人的感情で動いたなら会社を巻き込む問題にするのはどちらにとってもマイナスだ。担当者にも話してこの件は内々で対処する」

「承知しました」

　つい秘書口調で返す。一瞬、車内に沈黙が下り、聞きたいことがたくさんあった私は逸る気持ちを必死に抑えた。

　今、宏昌さんは運転しているし、マンションに着くのにそこまで時間はかからない。中途半端に話を聞くのは嫌だ。

「あ！」

ふと窓の外に目を遣り、見覚えのある風景に私は声をあげた。

「どうした？」

「ここを右に曲がってしばらく行ったところに、この前テイクアウトで買って帰ったアジアン料理のお店があるんですよ！」

なにかを発見した子どものように勢いよく告げたものの、それは今する報告ではなかったと瞬時に後悔する。

前に宏昌さんがお店の場所などを聞いてきたので、知らせなければという気持ちが先走ってしまった。

「なら、買って帰ろうか」

肩を縮める私に宏昌さんはさらりと提案してきた。

「い、いいえ。そういうつもりじゃなくて。その、今日はまだ時間がそこまで遅くないですし、作りますよ」

「いいよ。俺も食べてみたいし、千鶴が料理するためにキッチンに立っている時間を今日は一緒に過ごせるから」

照れなど一切感じさせないのは、宏昌さんが本心で言っているからだ。おかげで私の方が恥ずかしくなってしまう。そうは言っても、宏昌さんは料理するとき進んで手伝いを申し出てくれるし、なんなら作ってくれるときもある。

ただ立場的に彼の方が忙しいのと、私が料理好きなので食事作り全般は私の役割になりつつあった。

宏昌さんに食べてもらうからには、ちゃんと栄養バランスを考えた献立で、極力手作りの美味しいものを作らないと！　と意気込んでいた。

でも、いいのかな。たまには楽をして、彼の言う通り、支度や片付けにバタバタする時間をのんびり一緒に過ごしても。

こうやって私の心を軽くするためにさりげなく立ち振る舞ってくれる宏昌さんには感謝しかない。

「ありがとうございます、宏昌さん」

「千鶴こそ、いつもありがとう」

こうやって夫婦でも、挨拶して、お礼を言って、自分の気持ちを伝えて。そんな当たり前のことが大事なんだと実感した。

結婚してから、すべてをテイクアウトで済ませるのは初めてかもしれない。お皿を用意する必要さえないのはすごいと感心する。

宏昌さんと『これはなにで味付けしているんだろう?』『この食材はなにかな?』と自分で料理するときにはない会話を楽しみながら夕飯を済ませる。

どちらも今日のフィデスエレクトロニクス社の一件で気を張っていたし疲れていたので、食事を終えた後でコーヒーを淹れながらテイクアウトを提案した宏昌さんは正しかったと思った。

私、ずいぶんと自分の中で理想の奥さん像を描いて、無理していたところがあったんだな。

ソファに座っている宏昌さんのところにコーヒーを持っていき、ローテーブルにセットして、彼の右隣に静かに腰を下ろした。結局、帰る途中で切り上げた結婚に関する話などは、夕飯でも続きをしなかった。

示し合わせなくてもお互いにゆっくり話ができるタイミングはなんとなくわかっている。そして食事を終え、気持ちも落ち着いている今、宏昌さんから切り出された。

「千鶴の言う通り、俺は出会う前からじいさんに千鶴の存在を聞かされていたんだ」

自分でも驚くほど冷静に彼の発言を受け止める。

「……私が恩人の曽孫だから結婚しろって?」

それは声にも表れた。やや乱暴な言い方で、疑問ではなく確認する意味合いで尋ねる。宏昌さんはしばらく言葉を迷う素振りを見せた後で「ああ」と短く返事をした。

かすかに心が揺すぶられる。手にぎゅっと力を込めて自分を奮い立たせ、私はさらに問いかける。

「そのせいで……お付き合いしていた河合さんと別れたんですか？」

そこまで私が知っているとは思っていなかったらしく宏昌さんは明らかに狼狽の色を顔に浮かべた。そんな彼を見ていられず、視線を下にして早口に捲し立てる。

「おかしいと思いました。七つも年下で、ましてや宏昌さんから見たら子ども同然だった私の告白を受け入れてくれるなんて」

自嘲的な笑みを浮かべ口にしはじめる内容は、堰を切ったように止まらない。

ずっと胸の内を巣くっていた黒いモヤモヤしたものが私の口を衝き動かす。

「馬鹿ですよね、私。ひとりなにも知らなくて。宏昌さんがどんな気持ちで私と付き合って、結婚を申し出てくれたのか、疑問のひとつも抱かずに今の今まで過ごしていました」

「千鶴」

宏昌さんの呼びかけにも応じられず感情が暴走していく。

冷静にきちんと話し合うつもりだったのに、こんな卑屈めいた言い方で自分の居た堪れなさを彼にぶつけてもしょうがない。

頭では理解しているのに、私の意思を無視して次々と言葉が溢れてくる。

「宏昌さんがずっと私を大事にしてくれているのは、わかっています。でもそれに私たちの曽祖父の関係が影響しているんだったら、一度関係を見直しましょう。……河合さんではなくても、もしもこの先、宏昌さんに」

本当に好きな人ができたら、と続きは声に出せなかった。その前に隣にいる宏昌さんに強く抱きしめられたからだ。

「きっかけは、確かにじいさんに言われたからだった。けれど千鶴と一緒に過ごして、付き合って結婚したのは、全部俺の意思だ。そこに会社やじいさんは関係ない」

珍しくまったく余裕がない必死さの滲む声だった。

彼のはっきりした言い分に、気がつけば目頭が熱くなり視界が歪んでいく。

「嘘。嘘、です。……信じません」

涙が溢れるのを堪えるため、声を震わせて短く突っぱねる。

子どもだって思われても、物わかりが悪いと呆れられてもいい。

だってその通りだから。本当の私は宏昌さんが思うよりずっと感情的で、彼のそばにいる自分にそこまでの自信が持てなくて、ひとりで抱え込んでしまうところもあって……。

「そうだよな、無理もない。ずっと千鶴に隠し事をしてきたんだ」

責められるとまではいかなくても、てっきり『そんなことないんだ』と否定してくると思った。

けれど宏昌さんは意外にも私の言い分を肯定して、気持ちをすべて受け止めてくれる。

重く沈んでいた苦しくて切ない想いが少しだけ軽くなっていく。

優しく頭を撫でる彼の手と合わさり、私の涙腺を緩ませるのには十分だった。私が落ち着くのを見計らい、束の間の沈黙がふたりを包んだ後で、宏昌さんがおもむろに口を開く。

「俺は、千鶴と出会う前は、正直ろくでもない人間だった」

突然の告白に、思わず目を丸くしてちらりと彼の方を見る。目が合うと宏昌さんは穏やかに微笑んだ後、困惑めいた顔になった。

「若さもあったんだ。異性に対しても会社を継ぐ立場にいることも、どこか斜に構えて自分を過信していた。そんな俺にじいさんは色々思うところがあったんだって今ならよくわかるよ」

大学を卒業して、当然GrayJT Inc.のグループ会社に後継者として勤めていた宏昌さんは、ある日突然おじいさまに呼び出され、曽祖父の恩人である曽孫の娘と結婚しろと申しつけられたそうだ。

曽祖父がアメリカでGrayJT Inc.を立ち上げるためにあれこれ立ち回っている際に助けられ、名乗りもせず去っていった男性の存在があったことは幼い頃から聞かされていた。彼に会って直接お礼を告げたいと願っていたことも。

結局、当人同士では叶わず、息子であり宏昌さんのおじいさまの代で実現したわけだ。その話は嬉しそうに祖父から報告があった。

ところが、まさか結婚話が出てくるとはまったくの想定外だ。

結婚相手を家の都合で決められるのはある程度予想していたらしいが、まさか情に重きを置いたうえ、さらには相手がまだ高校生だと知って衝撃を受けたそうだ。

「相手は納得しているのかって尋ねたら、『まったく話していない。彼女が結婚を嫌がったり、傷つく事態になったら、お前にGrayJT Inc.を任せるのは考え直す』って厳しい顔で言われて、初めて俺はじいさんに嫌われているのかって疑ったよ」

それほどまでに宏昌さんにとって私との結婚は無理難題だったんだ。

相手に事情を話すなり、お互いに政略結婚だって割り切れたら、もっと楽だったたのかもしれない。

肩身の狭い思いに胸が締めつけられる。

そのとき宏昌さんが私の頬を撫で、穏やかに微笑んだ。

「でも、結果的にはじいさんに感謝している。千鶴と出会わせてくれた」

「私……そんなに言われるほど、宏昌さんになにかしました？」

嬉しそうに言われて幸せを感じる一方で、不安も過ぎる。私との付き合いや結婚は、彼がグループ会社を継ぐための条件以外に、彼にとってなにかプラスになることがあったのだろうか。

「なにか、というより千鶴が千鶴でいてくれたのが一番、大きかった」

残念ながら宏昌さんの発言の意図が上手く読めない。かすかに首を傾げる私の額に宏昌さんが口づける。

「正直、じいさんに千鶴との結婚を言いつけられたときも、内心では楽勝だと思った。相手はまだ高校生で、こちらが主導権を握って付き合うのも、結婚するのも難しくないだろうって」

宏昌さんの発言とは思えない内容にショックを受ける。

純粋な出会いではなかったとしても、私の知っている宏昌さんは優しくて、誠実で、いつも私を大事にしてきてくれた。それが嘘だとは思わない。けれど……。

ああ、そうか。やっぱり彼にとって私との結婚は不本意だったんだ。

心の中に鉛が沈んだように重くなる。

ところがなにを思ったのか、宏昌さんは反対に、おかしそうに吹き出した。おかげで私は目を丸くする。

「でも千鶴が『祖父に感じている恩を私に返すのは間違っていると思います』ってはっきり言ったとき、なにもかも見透かされている気がして本気で驚いた。だから柄にもなく焦ってこちらも本心で返したんだ」

『千鶴ちゃんと話して、力になりたいと思ったんだ。祖父に言われたことは関係なく俺自身が』

あのとき、彼からかけられた言葉を思い出す。

あれは宏昌さんの本心だったの？

「千鶴は、今まで俺の周りに多かった肩書きを気にして媚びたり、計算高い人間とはまったく違っていて、真っすぐだった。それでいて自分の意見をしっかり持っているから、こちらも気持ちいいくらい対等でいられたよ」

耳を疑う。対等になれないとずっと不安だった私と真逆の発言を彼がしたから。

宏昌さんは笑いを噛み殺したまま続ける。

「むしろ俺の方が必死だった。ちなみに千鶴が初めて俺に笑いかけてくれたのって、なにがきっかけだったか覚えてる？」

まさかの質問に私は固まった。瞬時に記憶をたどるものの明確な出来事は思い出せない。

「えっと……ごめんなさい、覚えてないです」

正直に白旗を揚げたが、宏昌さんはそれも見越していたらしい。そっと私の頭に手を置いた。

「当時、コンビニでも販売されていた千鶴の好きなチョコレートをあげたとき」

「そ、そうでしたっけ？」

答えを聞いてもまったく思い出せないのが申し訳ない。とはいえ内容としても日常的なもので特別な感じもしない。

確かに今でもお土産や差し入れと言って、宏昌さんはなにかとお決まりのチョコレートを買ってきてくれる。

「そう。こちらがなにか贈ろうとしても頑なに拒否されて、出かけようと誘ってもやんわり断られる。生まれて初めての経験だった。で、そのときたまたま持っていたチョコレートをあげたら、好きだったって嬉しそうに笑ってくれたんだ」

言われてなんとなく記憶が蘇ってくる。確かアメリカから帰国して、あちらでは食べられなかった日本メーカーのお菓子に夢中になっていたときだ。

渡米前にもよく食べていたチョコレートを、偶然にも宏昌さんが家庭教師の休憩時間になにげなくくれて、久しぶりに食べる味に感動を覚えた。

すごく嬉しくて笑顔でお礼を告げたのを思い出す。宏昌さんは、チョコレートひとつで喜ぶ私にやや驚いていた。

あの反応は、どうやらたかがチョコレートで、という意味ではなかったらしい。

「参ったよ。最初は千鶴を靡かせるためにあれこれ思考を巡らせていたのが、いつの間にかどうすれば千鶴が笑うのか、なにが千鶴にとって嬉しいのか、そんなことばかり考えていた。純粋に千鶴に笑ってほしくて、喜んでほしくて必死だった」

宏昌さんは苦笑して前髪を掻き上げた。そこである思い出が頭を過ぎる。

家庭教師をしてもらって初めてのバレンタインに、宏昌さんはそのチョコレートのバレンタイン限定バージョンをプレゼントしてくれた。

外国ではバレンタインは男性から女性に贈り物をするのが当たり前だからって。そんな気の回し方が彼らしいと思いながらも、少しだけ落胆した。

このチョコレートは好きで気に入っているけれど、やっぱり彼には子ども扱いされているのだと思い知らされて。

でも宏昌さんは、ずっと私のことを思っていてくれたんだ。

「私が最初に宏昌さんのお誘いを色々断っていたのは……怖かったんです。宏昌さんに深入りしそうで」

宏昌さんは、勉強を教えるためだけに私と会っているのだと自分に言い聞かせ、極力余計な話をしないようにしていた。所詮は祖父同士の繋がりがあってこそなんだって。

そんな私に対し宏昌さんは懲りずにたくさん話しかけて、信頼関係を築くためにも私自身を知ろうとしてくれた。

一方で、素朴な疑問や勉強のわからないところは真摯に向き合って、次に会うときは、関連する話題や解説を用意してくる。

おかげで私の態度も徐々に軟化し、彼にほだされていった。

宏昌さんといると自分の知識や世界が確実に広がっていくのを実感できたし、なにより宏昌さんと過ごす時間が穏やかで幸せな気持ちでいられたから。

出かけようと誘われたのも博物館や民俗資料館とか国語の勉強に関係するところば

かりだった。純粋に家庭教師として気を使っていてくれているのだと思うと、有り難い反面、ふたりで出かけて宏昌さんのことを知ったら、自分の気持ちを止められなくなりそうで怖かった。

だからずっとなにかと理由をつけて断っていたのに、結局は私が折れて彼の提案を受け入れてしまった。

予想通り私はすっかり彼に捕まって惹かれる気持ちを抑えられなくなってしまう。それは今も変わらない。

「俺はもっと先に千鶴に惹かれていたよ。落とすつもりが、こちらが落ちていた。千鶴といる時間が心地よくて、自分の立場や背負うものとかを忘れてそばにいられて、そばにいてほしいと思った。じいさんに言われたことは関係なく、千鶴に好きになってもらいたくて、千鶴に相応しくなろうと俺は変わることができたんだ」

あの頃気づけなかった宏昌さんの気持ちが痛いほど伝わってきて、胸の奥がじんわりと温かくなる。

満たされていく気持ちの中、宏昌さんが歯切れ悪そうに「彼女とは」と切り出したので、私は弾かれたように彼を見つめた。

「確かに付き合っていた。でも、お互いにそこまで想い合っていたわけじゃない。それぞれの立場や家柄とかそういったものを踏まえていた面が大きいんだ」

私から話してほしいと言ったとはいえ、やっぱり付き合っていた女性の話を聞くのは複雑だ。

無意識に体を強張らせると宏昌さんが体勢を整え直し、改めて隣に並んだ私の右肩に腕を回し、自分の方に抱き寄せた。

彼の左手は私のお腹側に回され、横から抱きしめられる体勢になる。

体を預け、密着したところから伝わってくる温もりに心を落ち着かせる。宏昌さんはおもむろに口を開き、先を続けた。

「千鶴と直接出会って、なんの未練もなく俺から別れを告げたんだ。じいさんに言われたからじゃない。千鶴が俺と真正面から向き合ってくれたように俺も千鶴ときちんと向き合いたかったんだ」

そのときの彼女の心情は正確にはわからないけれど、おそるおそる私は尋ねる。

「でも……河合さん、納得されなかったんじゃないですか?」

「いいや。事情を話したらわりとあっさり別れを承知してくれたよ」

間髪を入れない軽い調子の宏昌さんの返答に、さすがに目を白黒させる。かといって宏昌さんは嘘をついているわけでも、取り繕っているわけでもなさそうだ。

「ただ、千鶴くらいの年齢の子は年上に憧れを抱きやすいから、俺の本性を知ったらきっと失望して上手くいかなくなるだろうって忠告はもらった」

「そ、そんなことないです！」

宏昌さんは冗談交じりに話すが、私は即座に否定した。

もしかすると宏昌さんに釣り合いたくて私が必死で背伸びしていたように、宏昌さんも私に合わせて、あえて年上らしく私の理想通りに振る舞っていたところがあるのかな？

観覧車の件だって苦手なものなど、ほとんど教えてもらっていない。

彼の左腕に無意識に自分の腕をぎゅっと絡める。宏昌さんは応えるように右手で私の頭をそっと撫でた。

「どうやら彼女は、じいさんに言われて俺が割り切って結婚していると思っていたのに、そんなの関係なく千鶴を大事にして、愛しているのが気に入らなかったらしい」

「え？」

「いかに俺が冷たくて、打算的な人間だったのか言われたよ」

そのやりとりは、仕事帰りに宏昌さんが河合さんと連絡を取り合ったときに行われたらしい。宏昌さんは一度視線を前に向け、小さくため息をつく。

「俺にも悪いところがあった。だが、今回の件を許していいわけじゃない。たとえ仕事絡みだとしてももう二度と彼女とは会わないし連絡も取らない。向こうにもはっきりと伝えた」

　そこで彼がこちらに向き、至近距離で視線が交わる。

「これからは千鶴を不安にさせるような真似はしない。じいさんとの話をずっと打ち明けられず……たくさん悩ませて悪かった」

　宏昌さんの謝罪に、私は素早く首を横に振った。

「いいんです。私の気持ちを大事にするようにって言われていたみたいですし」

　宏昌さんはきっとおじいさまに言われたことを忠実に守っただけだ。

「確かに、じいさんには千鶴を傷つけたり、気持ちをないがしろにするような真似をしたら絶対に許さないと言われていた。けれどそれは建前で、千鶴のためじゃない。事情を知れば、今まで築いたものが全部崩れる気がして、千鶴に俺の気持ちさえ信じてもらえない気がしたんだ」

　そこまで言うと宏昌さんはそっと顔を近づけ、私のおでこに額を重ねる。私の目には彼しか映らない。

「千鶴を失いたくなかった。でも俺が臆病で曖昧にしておいたから結果的に千鶴を不安にさせて……離婚届と退職願を突きつけられたんだよな。俺の自業自得だ」

痛みを堪えた表情に耐えきれず、私は視線を落とした後、宏昌さんに力強く抱きついた。彼の胸に顔をうずめ、背中に腕を回す。

「私、事情を知ってずっと不安でした。宏昌さんが私と付き合ったのも結婚したのもおじいさまに言われたからで、宏昌さんにいつか本当に好きな人が現れたら、もしそんな存在がいたのだとしたら、私はどうしたらいいんだろうって」

思いの丈をぶつけながら涙が溢れてくる。宏昌さんは私の後頭部に大きな手を滑らせた。

「そんな心配はなにもいらない。俺が今までもこれからも愛しているのは千鶴だけなんだ」

彼の力強い宣言にますます涙腺が緩み、瞬きと同時に涙が溢れ出す。泣き顔を見られるのは躊躇われるものの今は、宏昌さんの顔が見たくて私はそっと顔を上げた。

「私、宏昌さんに追いつきたくて、でも妻としても秘書としてもまだまだで……」

不安だった理由は、私自身の問題でもあった。立場や家柄の違い。埋まらない年の差は経験の差になって自分の力不足を常に痛感させられる。

「余計なことは考えず千鶴は千鶴のまま、そばにいてくれたらいい」

きっぱりとした物言いは、私の心の靄を取り払っていく。続けて宏昌さんは表情と口調を緩めた。

「それに追いつくもなにも、俺は千鶴が思うほどできた人間じゃないんだ。彼女が言った通り、千鶴が知ったら失望する面もきっと多い。嫉妬深くて、自分勝手で、現にこうやって千鶴を泣かせているのは」

「見くびらないでください！　十年ですよ、十年。どんな宏昌さんも大好きなんです」

思わず彼の発言を遮り一息に宣言する。すると宏昌さんはなんだか泣きだしそうな顔をして笑った。

「それは俺の台詞だ」

頬を滑った涙の痕を宏昌さんは指先で優しく拭っていく。彼に触れられるのはこんなにも安心する。

「……私、これからも宏昌さんの奥さんでいてもいいですか？」

「いいもなにも、千鶴以外は誰にも務まらない。俺が欲しいのは千鶴だけだよ」

言い終えた彼がゆるやかに距離を詰めてきて、目を閉じると予想通り唇に温もりを感じる。宏昌さんとのキスをこんなにも穏やかに受け入れられたのはいつぶりだろう。

安心して身を委ねていると幾度となく角度を変えて唇を重ねられる。次第にじりじりと焦らされているような感覚に陥り、もっとと求めそうになる絶妙なタイミングで軽く舌で唇を突つかれる。

ぎこちなく自分の舌を差し出すとあっさりと捕まり、キスは一層深いものになった。

「ふっ……っん」

吐息交じりに鼻に抜けるような声が漏れ、宏昌さんに翻弄されていく。応えたいのに、受け入れるのが精いっぱいで結局はされるがままだ。

反射的に腰を引きそうになると、宏昌さんの腕がそれを阻み、むしろさらに密着する。逃げるどころかソファに両足を乗り上げて完全に捕まってしまった。

「ん……っん、は」

歯列を舌でなぞられ、くまなく口内を蹂躙されていく。くちゅくちゅと唾液の混ざり合う音が直接脳に響いて羞恥心を増幅させる一方で、思考力が奪われ、なにも考えられなくなっていく。

ただ、宏昌さんを好きという気持ちだけが溢れて、彼のシャツをぎゅっと握った。

「う……んん」

蕩けるキスに溺れて、息が上がりそうになったとき、落ち着かせるように大きな手が私の頭を撫でて後頭部に添えられる。宏昌さんの優しさに胸の奥がじんわりと熱くなった。

強引な反面、いつも私を窺いながら進めてくれる。余裕の差が悔しかったりもするけれど、こればかりはしょうがない。

名残惜しく唇を離され、滲んだ視界に映る宏昌さんは会社でも普段家でも見せない色気を孕んでいて目が離せなくなる。

続いてほぼ無意識に、私は自分から彼に口づけた。

「好、き……です」

たった一瞬、唇が離れた後に消え入りそうな声で自分の気持ちを口にする。私の行動が意外だったのか、宏昌さんは目を丸くしている。

逃げるようにうつむいて私はさらに続けた。

「ずっと……好きです。宏昌さんが私と結婚した事情を知ったとき、ショックでしたけどやっぱり好きで……だから苦しくてあんなことしちゃって……」

離婚届と退職願を叩きつけた件だ。もごもごと言い訳すると頬に手を添えられ強引に上を向かされた。

「千鶴」

いつもの調子で名前を呼ばれ、真っすぐに見つめられる。

「これからは、ひとりで抱え込んだりしないでくれ。どんなことがあってもそばにいるから」

「……はい」

素直に頷くと、再び唇が重ねられる。案の定、今度もすぐには解放してもらえない。

また溺れてしまう。

けれど宏昌さんがさらに私の腰を引き寄せたのでキスは中断する。促されるまま密着すると、私は正面から彼の膝に乗り上げる体勢となり宏昌さんを見下ろす格好になった。

わけがわからないままに宏昌さんと目が合う。すぐさま重たいだろうからと離れようとしたが強引に口づけられ阻まれた。

「んんっ……」

驚きの混じった声が漏れる。キスの合間に宏昌さんの手がカットソーの裾から滑り込まされ、私の肌を直に撫でだした。

「んっ、や、だ」

突然の感触に鳥肌が立ち、くすぐったいような苦しいようなもどかしさに身を固くする。

ただ撫でるだけではなく、指先や手のひらを使い触れ方に緩急をつけ、確実に私の弱い部分を攻め立てていく。

身をよじって抵抗するも、まったく無意味でキスも拒めないまま宏昌さんのいいようにされる。彼の右手は頬に添えられ、左手は相変わらず私の肌に触れ続ける。

舌も唇も痺れて、どこに神経を集中させていいのかわからない。体重をかけるのも申し訳なくて体に力を入れていたのに、それももう限界だ。

「俺も千鶴が好きだよ、愛してる」

唇が離れ、余裕たっぷりに囁かれる。私はなにも言えないまま宏昌さんの首に腕を回して彼にしがみついた。

肺に酸素を送り込もうと浅い呼吸を繰り返していると、頭を撫でられる。ホッとしたのも束の間、耳たぶに唇を寄せられ、反射的に声をあげた。

「やっ」

キスから解放されたものの宏昌さんの唇が今度は顔の輪郭に沿って首筋に這わされる。私は目を見開いた。

「あっ」

ねっとりとした舌の感触に背筋が震える一方で、宏昌さんの手は相変わらず私に触れ続けている。

カットソーはたくし上げられ、あられもない姿で肌を晒しているにもかかわらず、そこを気にするほど頭が回らない。胸元に手を伸ばされ、ゆるゆると刺激されたときは彼に回していた腕に力が入る。

「や、だ。嫌っ」

泣きそうな声で抗議すると、宏昌さんは私の頬にかかっている髪を耳にかけ、そっと顔を覗き込んできた。情けない表情をしている私とは対照的に、宏昌さんは意地悪く微笑む。

「嫌？　そんな可愛い声で言われても説得力ない」

「だって……」

本心を見透かされている。本気で嫌なわけじゃない。けれど体の奥から湧き上がる欲望を悟られるのが怖くて、追い立てられるような感覚が苦しい。

みっともない姿を晒して、失望されたら、嫌われたらどうしよう。

「千鶴」

湧き上がる不安を止めるように宏昌さんが私の名前を呼んだ。

「なにも心配せず溺れていたらいい。もっと俺の手で乱れる千鶴が見たいんだ」

飾らない言い方に顔が熱くなる。けれど宏昌さんは真剣な顔を崩さず、私の目を真っすぐに見据えた。

「いつも俺のことを考えていてくれているんだろ」

『宏昌さんが〝思うより〟、ずっとあなたのことを考えています』

そう。あなたが思うよりも、想うよりもずっと――。

「はい。だから宏昌さんを、もっと知りたいんです。その分、私のこともっと知ってください」

突然の私のお願いに宏昌さんは虚を衝かれた顔になる。けれどすぐに笑顔になった。

「もちろん。千鶴の色々な素顔を見せてほしい。ますます惚れて手放せなくなるな」

宏昌さんの言い分に私は笑った。なごやかな雰囲気に包まれたとき、彼がおもむろに私の頤に手をかけ、顔を近づける。

今度こそ宏昌さんの気持ちに応えたくて、すべてを受け入れる意思を込めて私は目を閉じた。

未熟なところも子どもっぽいところもたくさんあって、呆れられてしまうこともあるかもしれない。でも無理しなくてもいいんだ。

お互いにどんなことがあっても受け止めると決めて、私たちは結婚して夫婦になったんだから。

※　※　※

純白のドレスに身を包んだ私は、背筋を伸ばして鏡に映る自分を何度も見つめた。芸能人並みにしっかりメイクを施され、人生で一番綺麗にしてもらっている自覚はある。

プリンセスラインのウェディングドレスはレースがふんだんにあしらわれ、可愛らしいデザインだった。本当はもっと大人っぽいデザインを選ぼうと思ったけれど、このドレスに一目で心を奪われてしまったのだ。

おかしくないよね？　宏昌さんの花嫁として大丈夫かな？

今日は私と宏昌さんの結婚式で、さっきから私はドレスを身に纏った高揚感より緊張が勝り、そわそわと落ち着かずにいた。

招待客は圧倒的に宏昌さんの関係者が多く、その人数も並外れている。どちらかと言えば結婚式という名の彼の妻としてのお披露目の意味合いが強い気がして、妙なプレッシャーを感じていた。

そのとき控室にノック音が響き、心臓が口から飛び出そうになる。

顔を出したのは宏昌さんで、すっかり準備を終えた彼は、光沢のあるシルバーのタキシードを着て現れた。スーツとは違う正装に胸がどぎまぎする。

シンプルなデザインにもかかわらず、背が高く端正な顔立ちの彼にはよく似合っていて魅力的だ。髪もワックスでまとめ上げ、モデル顔負けのオーラがある。

「式まで我慢できなくて千鶴に会いに来たんだ」

ゆっくりとこちらに近づく宏昌さんに、見惚れていた私は慌てて我に返った。

立ち上がりたいけれどドレスが重たすぎるのと皺になってはいけないと思い下手に動けない。それを察した彼が私を制し、私は居住まいを正して宏昌さんを見つめる。

「綺麗だ。よく似合ってる」

「あ、ありがとうございます」

ストレートに褒められ、あからさまにぎこちない私に宏昌さんは小さく笑った。

「緊張してる？」

「しないわけないじゃないですか」

彼の質問に即座に返す。私と違い、宏昌さんは余裕たっぷりだ。こういうとき彼との差を思い知らされて、なんだか複雑になる。

本当に私、この人の妻になるの？

唇をぎゅっと噛みしめそうになり、慌てて止めた。口紅が落ちてしまったら大変だ。

「千鶴」

私の名前を呼んだ宏昌さんは、ゆるやかに腰を落としひざまずいた。彼のとっさの行動に目を見張るが、宏昌さんは真剣な眼差しで私を見上げてくる。

続けておもむろに彼の唇が動いた。

「なにも心配しなくていい。俺がずっと千鶴を守っていく。絶対に幸せにしてみせるから」

しっかりと言い聞かせる宏昌さんの表情にも口調にも迷いはない。そのまま彼は膝に添えている私の左手をそっと取った。

「愛してる。だからなにがあっても俺のそばにいてほしいんだ」

抱えていた不安がすべて吹き飛び、涙腺が刺激され、堪えようと目に力を入れる。式前に反則だ。泣いたらメイクが落ちてしまうのに。

きっとこんなふうに、これからも宏昌さんに驚かされながら何度も幸せで満たされるんだ。

私は宏昌さんに精いっぱいの笑顔を向けた。

「……はい」

宏昌さんは微笑むと、すっと立ち上がった。続けてスタッフが控室に顔を出す。どうやらそろそろ時間らしい。

「先に行って待ってるよ」

返事をしてスタッフと共に行く宏昌さんを見送り、私も別のスタッフの介添えを受けて移動の準備をはじめる。

緊張がまったくなくなったと言えば嘘になるけれど、間違いなく私の気持ちは前を向けた。

宏昌さんはあのときの誓いをずっと貫いていてくれているんだ。だから私も、ずっと守っていきたい。

※　※　※

肌が汗ばむのを感じ、寝返りを打ったタイミングで目を覚ます。遮光カーテンのおかげで部屋は薄暗いが、カーテンの隙間から差し込んでくる光が朝を告げていた。

久しぶりに見たな、結婚式の夢。

年が明け、先に入籍を済ませた私たちは、同じく一月の最終週の日曜日に結婚式を挙げた。お天気に恵まれ、比較的に寒さが和らいだことに感謝したのを覚えている。たくさんの笑顔に囲まれ、私は大好きな宏昌さんの隣で世界一幸せな花嫁になった。まるで昨日の出来事みたい。

ぼんやりと夢だと認識し続けて体が気だるく重いのを感じる。無意識に額の汗を拭って一度目を閉じるが、不意に覚醒し顔を動かして辺りを見渡す。

ここは寝室でベッドには私しかいない。部屋にもだ。

えっと、確か昨日の夜、宏昌さんと……。

少しずつ自分の置かれた状況を理解するのと同時に、昨晩の記憶がどっと頭の中に流れ込んでくる。

すぐさま羞恥心で叫び出しそうになるのを必死に堪えた。シャツ一枚羽織っただけの自分。おそらく宏昌さんが着せてくれたんだ。

もちろん彼と朝を迎えるのは初めてじゃない。出会って十年、婚約期間を経て結婚までしているんだから。

甘い時間を過ごした夜は何度もある。けれど昨日は特別だった。

宏昌さんがあんな強引で意地悪だったなんて知らなかった。

勝手に頬が熱くなる。

官能的なキスに溺れ、わずかに残っている理性で私は目の前の彼に問いかけた。

『ベッドに行かないんですか？』

宏昌さんの動きが刹那、止まる。

一度受け入れると決めたものの煌々と照らされたリビングで私だけ脱がされ肌を晒している状況に、さすがに気後れする。場所も場所だ。

宏昌さんは息を切らし気味に、私を至近距離でじっと見つめた。お互いの息遣いだけがやけに耳につき、妙な沈黙が場を包む。

空気を読めてなかった？　でも、もしかしたら宏昌さんも寝室に移動するタイミングを見計らっていたのかもしれない。

いつも私より色々なことをたくさん考えて行動する人だから。

あれこれ考えていたら力強く抱きしめられ、そのまま宏昌さんは大胆に体勢を変えた。気づけばソファのシートのひんやりとした感触を背中に受け、仰向けの状態にされる。

普段はあまり意識しないリビングの高い天井とダウンライトが目に入るが、それは一瞬で、すぐに私を見下ろす宏昌さんが視界を占める。

私の頭のすぐ横に手をついて覆いかぶさられている。なにか言わなければという気持ちになるのと同時に宏昌さんが私の頬に手を添えた。

『本当はここで寝室に移動して、仕切り直すのが紳士なんだろうな』

複雑そうな笑みをかすかに浮かべ、宏昌さんは呟く。けれどすぐに射貫くような眼差しで私との距離を詰めてきた。

『千鶴の理想通りじゃなくて悪いが、今はそんな余裕もないんだ』

言い終えるか否かで唇が重ねられ、返そうとした言葉は声にならない。

『あっ』

言葉通り、性急な口づけと触れ方に私の思考は奪われる。

ずるい。私の言い分も聞いてほしかったのに。

それを伝えるのは後でいいのかもしれない。今は私も彼が欲しい。

結局、場所も羞恥心もなにもかもがどうでもよくなるほど、宏昌さんに溺れてしまった。

あの後、ベッドに運ばれたらしい。そこらへんは記憶が曖昧だ。ちらりと寝室の時計を確認すると八時過ぎだった。

私はがばりと身を起こす。完全に寝過ごした。仕事が休みとはいえ、いつもならとっくに起きて朝食の準備などをしている。

とにかく起きないと。宏昌さんは先に起きたのかな?

あたふたとベッドから下りようとしたら寝室のドアが開いた。

「おはよう」

「お、おはようございます」

寝起きのため声が上擦る。現れたのは宏昌さんで、七分丈のリネンシャツにジーンズとシンプルな組み合わせの休日スタイルだ。元がいい人間はなにを着ても似合うので羨ましい。

宏昌さんはゆっくりと私に近づいてくる。

「そろそろ起きる頃だと思って朝食を準備しておいたんだが、いいタイミングだったみたいだな」

「あ、ありがとうございます。すみません、寝過ごしちゃって……」

申し訳なさで身を縮めていたらそばまでやってきた宏昌さんがベッドサイドに腰を下ろし、私の方にそっと手を伸ばして、髪に触れる。

「謝る必要はない。俺こそ昨日は気持ちが先走って千鶴に無理をさせて」

「宏昌さん」

珍しく私が発言を強く遮ったからか、宏昌さんは目を丸くした。私は彼を見据えた後、気恥ずかしさでやや視線を落とす。

「昨日言いそびれていましたが……理想通りじゃなくて悪い、なんてことないですよ」

昨晩の彼の言葉を持ち出して否定する。そう、本当はあのとき言いたかった。

「どんなときも宏昌さんは余裕たっぷりで……少しだけ驚きましたけど、好きな人に求められて嬉しくないわけないです」

どうしても照れてしまい、最後は口ごもってしまう。でも、伝えないと。理想に合わせる必要なんてない。お互いに。

宏昌さんはなんて言うかな？

ドキドキして上目遣いに彼の方を見ると、宏昌さんはベッドに膝を立て、私との距離を縮めてきた。続けて素早く、引き寄せられるようにして思いっきり抱きしめられる。

「あ、あの」

身動ぎして顔を上げたらこつんと額を重ねられた。

「あまりにも可愛いことばかり言うから、調子に乗りそうだ」

子どもみたいな笑顔の宏昌さんに胸が高鳴る。

仕事で見せる厳しい顔も、涼しげな表情も、どんな彼でもやっぱり大好きなんだ。

自然と頬に手を添えられ目を閉じる。甘い口づけに心も満たされていく。

「千鶴」

唇が離れ、宏昌さんがやけに神妙な面持ちで私の名前を呼んだ。おかげで改めてなにを言われるのか、わずかに不安になる。

「俺に突きつけた離婚届と退職願は、処分して構わないな?」

ところが身構えていた私に続けられたのは、意外な内容だった。

「……てっきり、もう処分していたのかと思いました」

職場で渡したとき、宏昌さんは頑として認めないし受け取らないといった姿勢だったから、むしろいまだに彼が持っていた事実が予想外だった。

その気持ちは伝わったらしい。宏昌さんは眉間に皺を寄せ、小さくため息をつく。

「あの場ですぐに破り捨てたかったさ。でもわざわざ千鶴が用意したものを、千鶴の本心がわからないまま勝手なことはできない」

あんな行動を取ったのに、宏昌さんが私の気持ちを一番大事にしてくれていたのだと思うと、申し訳なさと同時に切なさで胸が苦しくなる。

「勝手かもしれませんが、ふたつとも捨ててください。もう必要ありませんから」

弱々しく告げると宏昌さんがなだめるように私の頭を撫でた。下げ気味だった目線を元に戻す。

「わかった。どちらも千鶴が、二度と用意しないようにするから」

「わ、私も同じです。私も宏昌さんにずっと必要とされるように努力します！」

わざと冗談めいて返す宏昌さんに、とっさに返す。するとどういうわけか、彼の表情が渋いものになった。

「変に気負わなくていい。千鶴は千鶴のまま俺のそばにいてくれたら十分なんだ」

そう言い切った後、宏昌さんの手が私の頬に触れ、わずかに距離を縮められた。

「伝わっていなかったか？」

低い声と真剣な眼差しに、私は息を呑む。

「い、いいえ。その、宏昌さんの気持ちは十分すぎるほど、伝わっています。ただ私なりの決意と言いますか……」

宏昌さんがどれだけ私を想っていてくれているのかは理解している。ただ私も同じだって言いたいだけ。

どうすればわかってもらえるかな。

離婚届と退職願を用意した手前、必死になっているところもある。どうやったら私の気持ちも伝わるんだろう。

「宏昌さん」

「ん？」

唐突な私の呼びかけに彼は優しく答えた。

「ひとつお願いを聞いてほしいんです」

続けて私が口にした内容に、宏昌さんは目を丸くした後、嬉しそうに笑った。

宏昌さんが寝室を一度出ていき、その後ろ姿を見送りながら私の心臓はドクドクと音を立て、存在を主張していた。

ほどなくして戻ってきた彼の手には、上質で高級感のある黒の指輪ケースが収められている。

宏昌さんと別れる覚悟を決めたときにはずした結婚指輪は、指輪と共に贈られた専用ケースにしまい、自室で保管していた。

その場所を彼に伝えたのだ。

自分から結婚指輪の場所をいちいち教えて、持ってきてもらうのってやっぱり図々しかったかな？

恥ずかしさと居た堪れなさでつい宏昌さんを直視できず、うつむき気味になってしまう。

「千鶴」

ベッドがわずかに軋み、彼が近づいてきたのがわかった。おずおずと顔を上げたら、真面目な顔をした宏昌さんと目が合う。

彼は私の左手をそっと取り、指先を軽く握った。

「もう二度と不安にさせたりしない。俺がずっと千鶴を守っていく。絶対に幸せにしてみせるから」

結婚式のときと同じ台詞だ。彼の言葉と指先から伝わる温もりに涙腺を刺激され、私は瞬きを繰り返す。

続けて宏昌さんは片手で指輪ケースの上蓋を開け、入っていた指輪を私の左手の薬指に宛がった。

「愛してる。だからなにがあっても俺のそばにいてほしい」

「……はい」

あのときと同じく小さく頷くと、宏昌さんの手で、指輪は薬指の奥まできっちりとはめられる。

金属のひんやりとした感触に違和感を覚えたのは一瞬で、結婚式のときとは違い、すぐに指元に馴染んだ。

久しぶりに左手の薬指に輝く指輪を見つめ、私は宏昌さんに微笑む。

「私も宏昌さんを愛しています。ずっとそばにいてくださいね」

あのとき言葉にして返せなかった想いを、今ならはっきりと口に出せる。

ああ、そうか。どんなに先を進んでいたとしても、宏昌さんは必ず振り返って私を待っていてくれるんだ。

ヴァージンロードを歩いて、彼の元に向かったときもそうだ。いつも私のことを想って、考えていてくれる。

私の不意打ちに宏昌さんは切なそうに整った顔を歪めた。

なにも言わず見つめ合い、どちらからともなく口づけを交わす。

「こうやって何度でも千鶴に愛を誓うよ。俺の想いは、ずっと変わらないから」

「私は変わると思います」

間髪を入れずに返すと、さすがに宏昌さんが虚を衝かれたような顔になった。そんな彼に私はとびきりの笑顔を向ける。

「もっと宏昌さんのことを好きになっていくと思います」

宏昌さんと過ごす時間を積み重ね、宏昌さんの新たな一面を知っていくたびに、彼への想いは増す一方だ。

「負けるよ、千鶴には」

そう言って宏昌さんはさりげなく私の左手に触れ、自分の口元にゆるやかに持っていった。指先に口づけを落とされ、その仕草が嫌味ひとつなく絵になる。

見惚れていたら彼と目が合い、心臓が跳ね上がった。おもむろに距離を縮められ、そのまま唇を重ねられる。

先ほどのキスとは打って変わってすぐさま深く求められ、私は従順な姿勢を見せる。

「ん……んん」

ねっとりと絡みつく舌に口内をくまなく刺激され、体の力が抜けていく。思考力も奪われ、されるがままだ。でも不快感はまったくない。

それどころかもっとしてほしくなる。

宏昌さんのことが好きだから。彼じゃないとこんな気持ちには絶対にならない。

キスの合間に目が合うと、彼は穏やかに目を細めて私の髪を撫でた。その表情ひとつで胸の奥が熱くなる。

どうしよう。なんだか泣きそう。

宏昌さんとの口づけにいつも私は溺れてばかりだ。

「あっ」

ところが、さりげなく彼の腕が腰に回され、大きな手のひらが直に肌を撫ではじめたので、驚きで声が漏れた。

それを掻き消すように強引に口づけが続く。その間も宏昌さんは私に触れたままだ。

「まっ」

抵抗を試みてキスを中断させようとしたら、その弾みで逆に後ろに押し倒される。

視界が切り替わったのと同時に彼が私に覆いかぶさってきた。

息を切らす私とは正反対で宏昌さんは余裕たっぷりに微笑む。

「可愛い、千鶴」

言うや否や、宏昌さんは私の首筋に顔をうずめ、音を立てて口づけた。

「わっ。だめ、だめです」

十分に愛されすぎて寝坊までしてしまったのに、このままだと身がもたない。とはいえ、昨晩の熱が残った体は、いつも以上に敏感に反応してしまう。

ぎゅっと目を閉じ、身を固くしていたら宏昌さんが静かに離れたのを感じた。うっすらと目を開けると、困惑気味に笑っている姿が目に映る。

「そんな顔をしなくていい。千鶴を困らせるのは本意じゃない」

「い、嫌じゃないんです！」

反射的に自分の気持ちが口を衝いて出た。

そう嫌じゃない。ただ、このままでは今日はベッドから出られなくなってしまう。

それは避けたい。なにより……。

「せっかく宏昌さんが用意してくださった朝ごはんが食べたいです」

正直に告げると、宏昌さんは意表を突かれた顔になる。

「千鶴が期待するほどのものじゃないぞ」

それから彼は私の頭を撫で、優しく背中に腕を回し体を起こすのを支えてくれた。

「と、とりあえず着替えてからリビングに向かいますね。あ、その前にシャワーを浴びてきていいですか？」

精いっぱいいつも通りの口調を心がけ、わざとらしく切り出す。いい加減ベッドから抜け出さないと。

私の答えを見越していたのか宏昌さんは軽く頷いた。

「もちろん。風呂も沸かしている」

至れり尽くせりとはこのことだ。家事が妻の仕事とは言わないけれど、ここまでされてしまうと立つ瀬がないかも。

次の休日は私が宏昌さんを起こそうと心の中でひそかに決意し、おずおずとベッドから出た。つられて宏昌さんも立ち上がり、彼に視線を向けると突然視界が揺れた。

「わっ」

素早く膝下に腕を回され、抱き上げられる。予想外の展開に狼狽えつつ、落ちないよう反射的に宏昌さんの首に腕を回した。

「バスルームまでお連れしますよ、奥さん」

「だ、大丈夫です！　自分で歩けます」

すぐさま言い返したものの宏昌さんはまったくものともせず、歩き出した。彼の手が意図せずむき出しの私の脚に触れ、伝わる温もりや手のひらの感触が昨晩の熱を思い起こさせる。

ここはもう下手な抵抗はせず、おとなしく連れていってもらおう。

半ば諦めの気持ちと甘やかされるのも悪くないという本音が私の背中を押した。腕に力を込め、彼の首元に顔をうずめて密着する。

「俺も一緒に入ろうか。ずっと入っていなかったし」

ところが耳元でさらりと告げられた内容に私は目を剝いた。顔を上げたら至近距離で宏昌さんと視線が交わる。

「そ、そんな、義務じゃないんですから」

しどろもどろに返すと宏昌さんは私の頭に軽くキスを落とした。

「義務どころか、ずっと我慢してきたんだ。それこそ結婚前から」

「え?」

思わず声が漏れ、宏昌さんをじっと見つめる。すると彼は切なそうに顔を歪めた。

「出会った頃の千鶴は高校生で、付き合うのはせめて高校を卒業してからだって決めていた。だから積極的にアピールできなくてずいぶんとやきもきしたんだ」

「そう、なんですか」

初めて聞く話に驚きが隠せない。

さらに、よくよく話を聞くと関係を進めるのも、私が二十歳を超えてからだと決めていたらしい。泊まらせなかったのも私を大切に思っていてくれたから。

私は、想像するよりずっと宏昌さんに愛されて大事にされてきたんだ。

そこで思考が別方向へ移る。

ちょっと待って。ということは……。

「私が告白しなかったらどうしていました？」

「もちろん、俺から言ってたよ。そしてなにがあっても千鶴を必ずものにした」

間を空けずに返ってきたのは、迷いのない口調と真剣な眼差しだ。

少し前の私だったら、おじいさまの指示があったからでしょ！と素直に受け取れなかったと思う。でも今は宏昌さんの本心だって心から信じられる。

「だから結婚した今、いつでも千鶴に触れたくてたまらないし、存分に甘やかして愛したい。欲深いんだ、俺は」

思わぬ切り返しに赤面しそうになるが、バスルームにたどり着いたらしく慎重に下ろされる。改めて彼と向かい合い私はなんだか泣きそうになりながらも笑った。

「私、やっぱり宏昌さんなしでは生きていけないかもしれません」

『ひとまず千鶴が俺なしで生きていけなくなるくらいには甘やかすつもりだが』

あのときは突っぱねたけれど、彼の目論見通りだ。でも理由は甘やかされるからだけじゃない。

「それは、俺の方だって今回の件でよくわかった」

眉尻を下げ困惑気味に微笑む宏昌さんに私も笑う。こんなふうにこれからもふたりで笑い合って幸せを噛みしめていきたいと心から思った。

第七章　未来を確かなものに

湯気が立ち上るティーカップには鮮やかな透き通る紅茶が注がれていた。

バラの描かれたカップの取っ手をそっと持つと、いい香りが鼻腔をくすぐる。続けて私はカップの縁に口をつけた。

渋みがなくすっきりとした味わいの紅茶は癖がなく、思った以上に飲みやすい。

「美味しい」

「千鶴ちゃんが、気に入ってくれたならよかった」

テーブルを挟んで前に座るわかなさんに声をかけられ、私は微笑んだ。

「わかなさん、色々ありがとうございます」

ここはGrayJT Inc.の傘下にある高級ホテルのカフェで、英国調を意識した店内は白を基調とし、アンティーク家具は本場からすべて輸入したものだ。

クラシカルな雰囲気が漂う個室で、アフタヌーンティーセットをいただいている。

わかなさんは、チュール地でスパンコールがふんだんにあしらわれたAラインのハーフスリーブのドレスに身を包んでいた。色はオフホワイトで、パールのアクセサリーとよく合う。

相変わらず大人っぽくて綺麗だな。

対する私はダスティピンクのロングフレアドレスを着ている。袖口はオーガンジーに繊細なレースが重ねられ、華やかさがありながら全体的にはエレガントさを意識した。

私たちがこんな格好をしているのは、この後別のフロアで開催されるレセプションパーティーに参加するためだ。

GrayJT Inc.が新たな事業を展開するのが正式に決まり、そのお披露目が行われる。私たちの立場は、どちらかと言えばホスト側になるが、今日は特段しなくてはならないことはない。

ただ、多くの関係者に会うので、こちらから先に挨拶に向かう必要がある招待客は、事前に頭に叩き込んでいる。

パーティー自体は夕方から予定されていた。その前にお茶をしようとわかなさんから誘われ、こうしてホテルに早めに到着し一息ついている。

パーティーで用意される料理は一流のものだが、おそらくゆっくり食べている時間はない。それを見越してもあったのかな。

テーブルの中心には三段からなるケーキスタンドが置かれ、上から順にパティシエ渾身のスイーツが彩りよく盛り付けられていた。

七月に入り、桃が旬を迎えつつあるのでメインのフルーツとしてあしらわれている。桃とクリームチーズのアミューズを自分の皿に取り分けてから私は改めてわかなさんの隣に座る雅孝さんに視線を移した。

「雅孝さんもお世話になりました」

ストライプ柄がお洒落なネイビーのタキシードを身に纏い、珍しくワックスで髪をまとめ上げているのでなんだか新鮮だ。優雅に紅茶を嗜む姿は、モデルさながらだった。

「俺はなにもしてないさ。収まるところに収まってなによりだ……な、兄貴」

雅孝さんから話を振られ、私の隣に座る宏昌さんは眉をぴくりと動かした。

黒のタキシードを着こなし、いつも以上に他者を圧倒させる空気を醸し出している宏昌さんは、ウルスラの社長としての威厳も、GrayJT Inc. の後継者としての貫禄も十分にある。

さっきから眉間に皺を寄せ、居心地悪そうな面持ちでカップに口をつけている様子も拍車をかけているのかもしれない。

雅孝さんとわかなさんに離婚騒動が一段落ついたことを報告すると、そこからふたりの矛先は宏昌さんに向かい、あれこれ突っ込まれた宏昌さんはすっかり口を閉ざしてしまった。

こうなると私としては、逆に申し訳なくなる。

「ほら、兄貴がそんな顔してると千鶴が気にするだろ」

「誰のせいだ、誰の」

一段と低い声で雅孝さんに答える。とはいえ本気で怒っているわけではないことくらい当事者を含め、全員わかっていた。わかなさんもスコーンにジャムを塗りながら静観している。

「なんだよ、千鶴に別れたいって言われたとき、取り乱して電話してきた兄貴のためにこっちは必死でフォローしてやったのに」

「お前は、半分面白がってただろ」

飄々とかわす雅孝さんと宏昌さんのやりとりは相変わらずだ。ここに貴斗さんが加わると彼を心配する兄ふたりの図になるのも、もはや定番だったりする。

「貴斗さんのお相手はどんな方なんでしょうか？」

ふと浮かんだ疑問を口にしたら、宏昌さんと雅孝さんの応酬が止まった。

貴斗さんの結婚話は順調に進んでいるらしいが、詳しくは聞いていない。一度挨拶を、と言われたのだが、カタリーナ・テレコムとの契約を進めるために、ずっと忙しかったのだ。

宏昌さんは苦々しく笑う。

「なんでも見合い相手が当初予定されていた女性と変わったらしい」

「えっ⁉」

私は思わず声をあげた。

「それでも構わず淡々と結婚を進めるのが貴斗らしいよな」

呆れた口調で感想を漏らしたのは雅孝さんだ。その裏には心配さが滲んでいる。宏昌さんも同じだ。

「大丈夫でしょ」

そこでわかなさんがきっぱりと言い切り、私たちの視線は皆彼女に向けられた。

「意外とその事態さえ見越して、おじいさまは貴斗くんに相手を宛がったのかもしれないわよ」

わかなさんはカップをソーサーに戻し、優雅に微笑む。

「だって、おじいさまがきっかけで結婚した兄ふたりが、なんだかんだでこうやって幸せな家庭を築いているんだから」

わかなさんは同意を求めるように軽くウインクし、彼女の言い分に私も笑顔になった。宏昌さんや雅孝さんも同じだ。

「そうだな」

穏やかに肯定した宏昌さんの視線がこちらに向けられ、私も目を細め軽く頷く。

祖父同士の勝手な約束で決められた結婚だと知ったとき、憤ったり悲しくなったりもしたが、そのおかげで宏昌さんと出会えて、こうして彼と結婚できた。幸せな日々を送れている。

「いい意味で、貴斗を変えてくれる相手だと願ってるよ」

「兄貴は千鶴に出会って、相当変わったからな」

すかさず雅孝さんが茶々を入れる。宏昌さん自身も言っていたけれど、弟の雅孝さんから見ても明らかだったんだ。

ちらりと宏昌さんに視線を送ると、さっきとは違い、照れくさそうに顔を背けられる。

意識して私がなにかした覚えはないし、むしろ私の方が宏昌さんに釣り合うようにと努力して成長できた部分が大きい。でも宏昌さんにとっても、プラスになる変化をもたらせられたのなら、やはり嬉しい。

どちらかだけが無理をしたり、変わらなくてはならなかったりするのではなく、お互いに歩み寄って夫婦は成長していくのかもしれない。

「まったく、本当にどこまでがじいさんの思惑通りなんだろうな」

雅孝さんが敵わないといった調子で呟いた。さすがは宏昌さんたちの祖父であり、GrayJT Inc. の総帥だ。

貴斗さんは仕事が一番大切で、他者どころか自分のことさえ無頓着なところがあり、わずかに冷たい印象を抱かせる。けれど根は真面目な人だ。そんな彼の性格をおじいさまもよくわかっているだろうから、きっと相手の方も貴斗さんに寄り添える人なんだろうな。

「一度、改めて挨拶も兼ねて集まる日を段取るか」

宏昌さんの提案に私は頷いた。

「そうですね。貴斗さんにも、奥さまにもお会いしたいです」

「あ、ならこのホテルの二十四階に入っているレストランはどう？　リニューアルして、ギリシア料理をメインとした創作メニューを楽しめるって評判でしょ？」

こういった情報に人一倍聡いわかなさんの提案に、異論を唱える者はいない。さっさと話はまとまり、改めて貴斗さん夫婦に予定を確認する手筈になる。

それからしばらく四人で仕事やプライベートなど様々な話題で盛り上がった。リラックスして会話を楽しみながら、ふと不思議な気持ちになる。

宏昌さんと結婚しなければ、私はここにいなかった。こうして雅孝さんやわかなさんと知り合うこともなかっただろう。宏昌さんがいたから見た目も中身も必死に磨いた。彼とは関係なく、今の仕事が好きで誇りに思えるほど勉強して、それなりに努力してきたと自負している。ただ、そうやって頑張ってこられたのは、全部宏昌さんのおかげだ。

ちらりと隣を見ると、彼の端正な横顔が目に入る。すっと伸びた鼻筋、切れ長の目。もうずっと見てきたはずなのに、この先も見慣れることはきっとない。

何度でも私は宏昌さんに胸をときめかせるんだろうな。

パーティーの開始時刻が近づき、この場はお開きとなった。わかなさんとパウダールームで化粧を直し、気持ちを切り替える。

「本当、雅孝じゃないけれど、宏昌さんは千鶴ちゃんにもっと感謝しないとね」

妻としても秘書としても、変わらずに宏昌さんのそばにいると決めた私に、わかなさんが感心したように告げてくる。

私は改めてわかなさんに頭を下げた。

「わかなさん、宏昌さんとの件では、本当にご心配をおかけしました」

彼女には一番親身に話を聞いてもらい、励まされた。わかなさんがいなかったら、吐き出すところがなくもっとひとりで悩んで苦しかったかもしれない。

口紅をバッグにしまいながらわかなさんは微笑む。

「謝らないでね。私はなにもしていないわ。千鶴ちゃんが宏昌さんと向き合って、自分で答えを出したんだもの」

正面にある鏡からこちらを向いたわかなさんと目が合う。続けて彼女は内緒話を打ち明けるように、声のトーンを落とした。

「それにね、勝手かもしれないけれど、少しホッとしたの。千鶴ちゃんが結婚した経緯を黙っているのを、雅孝もずっと気にしていたから」

「わかなさん……」

安堵感に満ちたわかなさんの表情は、雅孝さんを気遣ってのものだ。こうやってさりげなく、いつもお互いを想い合っているのは素敵だな。

「今度、おふたりが結婚したときのお話を詳しく聞かせてくださいね」

純粋な恋愛結婚だと思っていたふたりには、おじいさまがどんなふうに絡んでいたのだろう。

わかなさんは目をぱちくりとさせた後、不敵に笑った。

「また、いつかね」

どうやらその機会は、私が強引に作らないとならないかも。

パウダールームを出て、エレベーターのところで待つ宏昌さんと雅孝さんの元へ、わかなさんと向かう。談笑しているふたりの姿は遠くからでも目を引いた。

見た目だけではなく、宏昌さんも雅孝さんも人を惹きつけるオーラがある。これは灰谷家の持つ天性のものなのかもしれない。

雅孝さんが先にこちらに気づき、歩調を速める。

「お待たせしました」

それぞれの伴侶のそばに寄り、声をかけた。わかなさんと雅孝さんは軽く打ち合わせをするそうで、ひとまずここで解散となりふたりに挨拶する。

向かう先が同じとはいえ、会場は広く人も多いので会えるかどうかはわからない。

楽しかったプライベートの時間は終わりだ。

やってきたエレベーターに宏昌さんと乗り込み、呼吸を整える。

「どうせ身内の集まりだ。そんなに構える必要はない」

意気込む私に宏昌さんからフォローが入る。身内という単語に、私の思考は別の角度に移った。

「そういえば、今日は貴斗さんはいらしてないんですね」

言ってから思い直す。入籍や結婚生活の準備などで忙しいのかもしれない。ところが宏昌さんは、いつものことだと言わんばかりに苦笑した。

「元々貴斗はこういった催しに必要最低限しか顔を出さないからな。ま、あいつも会社を興すため人脈は広げておきたいだろうし、結婚したのもあって変わるんじゃないか？」

前者はともかく結婚がどう関係するのかと思ったが、尋ねる前に宏昌さんが眉をひそめ、わずかに私から視線を逸らした。

「貴斗の気持ちもわかるんだ。家のためとはいえ俺も独身の頃にこういった場に来ると、嫌でも結婚についてあれこれ口を出され、詮索された。無下にもできず、それなりに憂鬱だったさ」

宏昌さんの言いたい内容を理解し、私はどう返すべきなのかすぐに言葉が出なかった。彼の立場を考えたら結婚したいと名乗り出る女性自身はもちろん、血縁者はどうかと紹介する関係者も後を絶たなかっただろう。弟さんたちもしかりだ。

少しだけ、おじいさまが彼らの結婚に口を出し、結婚を急かす理由が理解できた気がする。

宏昌さんの結婚相手は色々な意味で注目を浴びていたんだろうな。

今更ながら自分の立場に対して身の引き締まる思いになった。

「任せてください。これからは私が宏昌さんの盾になりますから」

勢いよく宣言すると、宏昌さんは虚を衝かれた顔になる。

「盾って……。千鶴を守るのは俺の役目だよ。千鶴は俺の妻として隣にいてくれるだけでいいんだ」

苦笑して答えられ、私は慌てて補足する。

「あの、そばにいるだけではなくて、少しでも宏昌さんの役に立ちたいって意味です。妻としてはもちろん、秘書としても」

お飾りになるつもりはない。そんな気持ちで伝えたらどういうわけか、十分に近かった距離を宏昌さんからさらに詰められる。視界が暗くなるほどに。

「わかっている。ただ、結婚しているってだけではなく存分に見せつけたいんだ。俺の妻はこんなに可愛いって」

余裕たっぷりに囁かれ、私は瞬きさえできずに硬直した。彼はゆるやかに私の左手を取る。

「千鶴」

名前を呼びながら宏昌さんは私の左手に自分の指をそっと絡める。今日は左手の薬指には結婚指輪とさらに婚約指輪もはめて重ね付けしていた。

「今日のドレスもよく似合っている。綺麗だよ」

「あ、ありがとうございます」

そのときエレベーターのドアが開き、宏昌さんは何事もなかったかのように私から離れた。

すぐさま熱くなっている頬を押さえ、気持ちを静めようと躍起になる。

このタイミングで褒めるなんて不意打ちもいいところだ。宏昌さん本人に翻弄されてどうするの。

「行こうか」

内心で叱責していると目の前の彼から手を差し出された。まだ宏昌さんの温もりが残っている手をおずおずと重ね、彼のエスコートを受け入れる。

大丈夫。どんなときでも、どんな場所でも宏昌さんがそばにいるなら。

隣にいてくれるだけでいいと言った彼の気持ちがわかった気がした。

ホテルに宿泊する段取りをつけていたのは、やはり正解だった。

時刻は午後九時過ぎ。パーティーは無事に終了し、私は予約していたホテルの部屋に一足先にやってきていた。

宏昌さんは、パーティーで声をかけてきた仕事関係者の方に誘われ、改めてホテルのラウンジに飲みに行っている。この流れも想定内だった。

スイートルームはパーティーのVIPのため、あらかじめ押さえてあった。さすがにゲストを差し置く真似はできない。

とはいえこの部屋も、専用のフロアに設けられているセミスイートのハイクラスのものだ。ベッドルームとは別にリビングルームがある時点で、少なくとも私には十分すぎる。

イタリアの高級メーカーの家具と調度品でそろえられた室内は、白とベージュを基調としスタイリッシュな仕上がりになっていた。

部屋の大きな窓からは夜景が綺麗に見えていて、静けさを伴った開放感溢れる部屋は、ひとりだと逆に寂しさを覚える。

気を取り直して私はシャワーを浴びることにした。早くドレスを脱いで、化粧を落としてしまいたい。もしかしたら宏昌さんは遅くなるかもしれない。そうなったら先に休ませてもらおう。

窓から見える夜景を眺め、ジェットバス付きのバスタブで存分に疲れた体を癒す。バスルームは広々としていてアメニティも充実し、スパタイムを満喫できた。むしろ長湯しすぎたかもしれない。

明日の朝もせっかくだから入ろう。

ホッと一息つき肌触りのいいガウンに身を包んだ。化粧水で肌の調子を整え、髪を乾かしてからリビングルームに戻ろうとバスルームのドアを開ける。

さすがに喉が渇いた。ミニバーにミネラルウォーターがあったはずだ。

ところが部屋に人の気配を感じ、踏み出した足をぴたりと止める。視線をソファに向けると、宏昌さんが静かに体を横たわらせているのが目に入った。

私は細心の注意を払ってソファに近づく。彼の鋭い眼光は瞼の裏に隠され、規則正しい寝息が聞こえた。カードキーはお互いに持っていたので、戻ってきてそのまま眠ってしまったらしい。

疲れている……よね。

私と違っていくら宏昌さんがこういった場所に慣れているとはいえ、代わる代わる多くの人に声をかけられ、そのたびに丁寧に対応する姿は、大げさではなく息つく暇もなかった。私は挨拶するものの基本的にあまり口を挟まないように彼に寄り添っていただけだから、比べたところで宏昌さんの疲労は計り知れない。

さらにはパーティーが終わった後も、今の今まで仕事相手に気を張りつめていたのだと思うと胸が締めつけられる。

宏昌さん、無理してる？　もっと私にできることがあったかな？

ひとまずここでもう少し寝かせておこう。ミニバーに向かうついでに、ソファの背もたれに無造作にかけられている彼のジャケットとネクタイを手に取った。ハンガーにかけておいた方がいい。

時間にするとそこまで長くないが、再び宏昌さんの元に戻ってきた私は、彼のそばに立ち逡巡した。

もっと寝かせてあげたい気持ちはあるが、この格好のままソファで寝たら疲れが取れるどころか、下手すれば風邪を引かせてしまう。

部屋に備え付けられているのがキングサイズベッド一台なので、都合よく掛け布団をこちらに持ってくることもできない。

どうしよう。でもここは妻としても秘書としても心を鬼にするしかないよね。

「宏昌さん、起きてください」

強気で声をかけたが、我ながら起こすには小さすぎる声量だと思った。こういうとき、つい遠慮してしまうのが情けない。

しかし私の声は届いたらしく、宏昌さんの眉間にわずかに皺が刻まれた。今度は揺すって起こそうと彼の肩に手を伸ばす。そのとき不意にある思いに駆られた。

首元、苦しくないかな？

上まできっちりとはいかなくてもタキシードに合わせた白い襟シャツは、わりと体にフィットしている。もうひとつくらいボタンをはずした方がいいかもしれない。

肩に触れようとしていた手は、彼のシャツに行き先を変更し、上から二番目の留めてあるボタンに触れた。

「千鶴が脱がしてくれるなんて光栄だな」

「ひ、宏昌さん⁉」

驚きのあまり上擦った声が漏れる。とっさに手を離す私に対し、彼はゆっくりと上半身を起こした。顔を右手で覆い、深く息を吐く姿に冷静さを取り戻す。

「大丈夫ですか？　気分は？」

「平気だ。そこまで飲んでいない。俺は酒を飲まなくても水で酔えるから」

宏昌さんの冗談めいた口調に笑顔になる。彼はアルコールにとても強いが、仕事絡みの酒の席では冷静さを失わないように常に酒量をコントロールしている。たとえお酒を飲んでいなくても、相手の調子に合わせられるコミュニケーション能力があってこそだ。

「ええ、存じ上げてます」

つい秘書口調で答えると、彼に手を取られ引き寄せられる。

「どうしました?」

私の質問に答えず、宏昌さんは自分の膝の上に私を座らせて、強く抱きしめてきた。体の横側を抱き寄せられる形になり、私は捻るようにして彼の方を向く。けれど私に密着する宏昌さんの表情は見えない。

「千鶴に……甘えたくなった」

ぽつりと彼の口から思いがけない発言が飛び出し、目を見張る。そんなことを宏昌さんから言われたのは初めてだ。こんな彼の姿を見るのも。

「……嬉しいです」

自然と笑みがこぼれ、私は抱きしめ返す。体勢的に私の方がわずかに目線が高いのもあり、彼の頭をそっと撫でた。

「お疲れさまです、宏昌さん」

そこで宏昌さんが軽く身動ぎしこちらを見上げたので、彼と至近距離で目が合う。どちらからともなく唇を重ねると、ほのかにアルコールの香りがした。

「千鶴と一緒に入りそびれたのは残念だな」

お風呂上がりの私を見て、宏昌さんはしみじみと呟く。まったく、どこまで本気で言っているのか。

「お酒が入っているときに入浴はよくないですよ。せめてシャワーにしないと。とりあえず着替えて横になってください」

早く休んでほしい一心で、淡々と告げ行動を促す。それに伴い宏昌さんの膝の上から腰を浮かせようとしたら、どういうわけか阻むように腕を回され、逆に彼と真正面から向き合う姿勢になった。

ソファの上に両足を乗り上げ、彼を跨いでいる状態になんとも言えない気恥ずかしさを感じる。

「あの」

「続きをしてもらおうか」

宏昌さんの言葉が被せられ、目を瞬かせる。話が読めない。

私の心のうちが伝わったのか、宏昌さんは余裕めいた表情を浮かべた。

「千鶴が脱がしてくれるんじゃないのか？」

「あ、あれは！　その、寝苦しいんじゃないかと思って……」

反射的に声をあげ、彼が目を覚ましたときの状況を思い出す。あたふたと言い訳するが、本当にそれだけで他意はない。

「ん。だから千鶴に脱がしてほしいんだ。甘えてもいいんだろ？」

「甘え方、間違えてません？」

訝しげに彼を見つめたら、さりげなく口づけられる。

「してくれないならずっとこのままだぞ。俺は構わないが」

宏昌さんは私の扱い方をよくわかっている。彼には早く休んでほしい。なによりこの体勢をなんとかしたい。そうなると結局、私は従うしかないのだ。

観念して先ほどはずしかけていた彼のシャツのボタンに、おもむろに手を伸ばす。あえてうつむき気味になり、宏昌さんと目を合わせないようにするが、逆に彼から凝視されているのを感じ、緊張してしまう。

「ご自分で脱いだ方が早いと思いますよ」

恥ずかしさを誤魔化すためへらず口を叩くが、彼はものともしない。

「いつも脱がせてばかりだから、たまには千鶴に脱がされるのも悪くないと思って」

宏昌さんの発言に私の手が止まった。余計なことを考えないようにしていたのに、嫌でも情事のはじまりを意識させられる。

そうすると自分のしていることが、ものすごくはしたなく思えて反射的に手を離そうとした。

「きゃっ」

ところがその手を宏昌さんの左手が摑み、彼の右手は私の腰に回される。両手で捕まえられ、私はさらに彼の方に引き寄せられた。

ほぼ密着する形になりつつ摑まれた手は再び彼の襟元に誘導される。宏昌さんはにこりと微笑んで私の耳に唇を近づけた。

「ほら、奥さん。頑張って」

吐息を感じるほどの距離で低く囁かれ、一瞬で体温が上昇する。

続けて私は感情のスイッチを無理やり切り、震える手で再び彼のシャツのボタンに指を伸ばした。その様子を見て宏昌さんは摑んでいた私の手を解放する。

これは、甘えているというよりこの状況を楽しんでいるだけなんじゃ……。

あえて口にはせず手を動かしていく。どう言ってももう逃げられない。

たどたどしい手つきになるのは、照れもあるが純粋に慣れていないからだ。誰かの服を脱がすなんて、そうそうない。

はだけたシャツの間からはVネックのインナーが覗き、少しだけ安堵する。宏昌さんの視線を感じながら私はひたすら指先に意識を集中させた。

こういうときに限って、なにも言ってくれないのはもどかしい。激しく脈打っている心臓の音や緊張して何度も唾を飲み込む仕草など、全部伝わってしまっているのではないかと気が気じゃない。

宏昌さんは、きっとこうして脱がすのも脱がされるのも何度も経験しているんだろうな。

その結論に達して、今の自分の姿がなんとも情けなくなる。脱ぎかけとはいえ宏昌さんがまだ正装なのに対して、私はすっぴんでバスローブ一枚という対比も拍車をかけた。

艶っぽさなど微塵もなく、言われたことだけを忠実にこなすなんて、まるで子どもだ。

「はい、終わりです」

ひとまず見える範囲で下までボタンをはずし、私はぶっきらぼうに告げて手をどけた。

「終わり？」

不思議そうに尋ねてくる宏昌さんに対し、ふいっと顔を背ける。

「終わりです。あとは自分で脱いで早く着替えてください」

言葉とは裏腹に、可愛げのない自分の言い方に後悔する。居た堪れない気持ちを彼にぶつけてどうするの。でも甘いムードの作り方なんてわからない。

悶々と思考を巡らせていたら突然、宏昌さんに抱きしめられる。

「なら今度はお礼に俺が脱がそうか」

耳を疑った次の瞬間、彼の大きな手のひらが私のバスローブの間に滑り込んできて、宏昌さんがなにをしようとしているのか悟る。

私は慌てて侵入してこようとする彼の手首を両手で摑んだ。

「け、けっこうです。宏昌さんはご自分のことをっ」

キスで唇を塞がれ、最後まで言わせてもらえない。上唇を舐め取られたのを皮切りに、彼の舌の侵入をあっさり許してしまう。

「ふっ……んん」

おかげで手に込めていた力が緩み、宏昌さんは宣言通り私のバスローブを脱がしにかかった。

「んっ」

彼の手が直に肌を撫で、触れられた箇所が熱を帯びたかと思えば空気に晒され、心許なさに震える。声があがりそうになるのを巧みなキスが封じ込めていった。

宏昌さんには器用さでも経験の豊富さでも敵わない。

「千鶴」

色気たっぷりの低い声で名前を呼ばれ、頬にかかっている髪をそっと耳にかけられる。お風呂上がりでまとめていない髪は、かすかにまだ湿り気を帯びていた。

気づけば両肩がむき出しになり、胸元まであらわになっている。あられもない姿だと自覚して、すぐにずらされたバスローブを戻そうとする。

ところが着心地のいいふかふかの生地に手をかけたのとほぼ同時に、宏昌さんの腕の中に閉じ込められる。

「え？」

続いて彼は体の向きを変えて床に足を下ろし、そのまま私を抱き上げた。

「ひ、宏昌さん！」

困惑と非難を込めた声で名前を呼ぶが、彼は聞く耳を持たずさっさと歩を進めていく。

向かった先はベッドルームで、暖色系のダウンライトが部屋を照らしていた。ホワイトとブラウンの落ち着いた色合いでコーディネートされた室内の中心には、天蓋付きのキングサイズベッドが大きく陣取っている。

おもむろにベッドに下ろされ、視界が切り替わる。背中に冷たくパリッとしたシーツの感触がありスプリングの軋む音と共に体が沈んだ。

私に覆いかぶさる宏昌さんの顔から感情が読み取れない。彼をじっと見つめ、私はぎこちなく口を開く。

「……怒ってます?」

「怒る?」

わけがわからないと言わんばかりに、宏昌さんが不思議そうな面持ちでおうむ返しをした。

「わ、私がちゃんと宏昌さんの希望通りに脱がせなかったから……」

おずおずと白状すると宏昌さんは目を白黒させてから小さく吹き出す。予想がはずれるだけならまだしも、そんな反応をされるとは思ってもみなかった。

「そんなことで怒らないさ」

いつもの優しい笑みを浮かべ頭を撫でられる。嬉しいはずなのにどこか子ども扱いのような気がして、素直に喜べない。

「相変わらず千鶴は真面目だな」

「ごめんなさい」

彼の言葉をどう捉えていいのか判断できず、さっきから感じていた居心地の悪さも相まった。こういうときの正しい振る舞い方がいまだにわからない。ベッドに押し倒されている状況にもかかわらず、私は空回ってばかりだ。

「謝る必要はない。むしろ初々しい千鶴が可愛らしくてたまらないんだ」

なだめるように額に唇を寄せられ、音を立てて口づけられる。あまりにも迷いない宏昌さんの態度に、逆に照れてしまって彼を直視できなくなった。

「からかうのはやめてください」

「からかってないよ」

間髪を入れずに否定されたが、どうも信じられない。

私の頭を撫でていた手はいつの間にか頬に滑らされ、宏昌さんの親指が私の唇をゆるやかになぞりながら彼の方に顔を向かされる。そうやって私の視界は再び宏昌さんしか映らなくなった。

「つい数時間前まで華やかなドレスに身を包んで俺の隣にいたしっかり者の妻が、こんな無防備で可愛らしいなんて誰が想像できるんだろうな」

問いかけというより呟きに近かった。宏昌さんの手は今度は首筋を滑り、鎖骨を撫で徐々に下りていく。

「んっ」

肌に触れられているだけなのに、つい反応して声が漏れる。ぎゅっと唇を噛みしめて堪えていると軽くキスを落とされた。至近距離で視線が交わる。

「我慢しなくていい。可愛い声を聞かせて、全部見せてほしいんだ。こんな千鶴を見られるのは俺だけなんだろ」

言い切ってから今度は容赦ない口づけがはじまる。

「ふっ……う、ん」

素直に受け入れ唇の力を抜くと、あっという間にキスは宏昌さんのペースになった。吐息と唾液が混ざり合って体が熱を帯びてくる。

その間にバスローブの紐をほどかれて、さらに彼の前に肌を晒すはめになる。意識したくなくてキスに集中しようとしていたのに、このタイミングで宏昌さんは口づけを終わらせた。

残念な気持ち交じりに彼を見つめたら、宏昌さんは無言で私の背中に腕を回し、上半身を抱き起こした。続けて肩にかかっているバスローブに手を伸ばし、腕を撫でるようにして滑り落としていく。今度は私も抵抗せず、宏昌さんに協力する形でバスローブの袖から腕を抜いた。

身に纏うものがなくなり反射的に身震いする。逆に羞恥心で体温は上昇しそうだ。

そのとき宏昌さんにぎゅっと抱きしめられる。次に彼は、壊れ物でも扱うかのように再び私をベッドに押し倒した。

まじまじと私を見下ろす宏昌さんは、眉をひそめどことなく険しい顔をしている。

「こうやって千鶴を脱がすのは、俺だけでいい」

「あ、当たり前です。他の人に脱がされるつもりはまったくありません！」

即座に返すと宏昌さんは目を丸くし、なぜかくっくっと喉を鳴らして笑い出した。表情が一転し、わけがわからない。

状況についていけず、瞬きを繰り返して宏昌さんを見つめる。すると笑いを収めた彼が私の前で手短に自身のシャツとインナーを脱ぎ捨て、私と同じく上半身裸になった。私があんなに手間取っていたのはなんだったのか。

ほどよく筋肉がついた引き締まった体に見入っていたら、宏昌さんが私に覆いかぶさってきた。そして彼の形のいい唇が動く。

「今日は予想以上に気を張って、疲れたんだ」

まさかの発言に私は目を見張り、慌て出す。

「あの……だったら休ん」

「だから」

ところが宏昌さんは、はっきりと遮り、そっと私のおでこに額を重ねてきた。吐息がかかりそうなほど近く、自然と肌が触れ合う。

「千鶴に癒されたい」

この言い回しには覚えがあったが、低く真剣な声色に思考も言葉もなにもかも奪われる。宏昌さんは口角を上げ余裕たっぷりに微笑んだ。

「俺は酒には酔わないが、千鶴にはすぐに酔わされる」

言い終えるや否や宏昌さんは素早く私の首元に顔をうずめ、薄い皮膚に口づけた。

「あっ」

ぞくりと背中が震え、反射的に身をよじろうとするが、彼に抱きしめられていて叶わない。

宏昌さんは舌と唇で巧みに私の肌を刺激しはじめた。なにかに追い立てられているような感覚に、毎回戸惑って苦しくなる。

「や、いやです」

無駄な抵抗だとわかってはいても、弱々しく声をあげた。宏昌さんは止まってくれず、次第に甘い快楽の波に溺れそうになる。

けれど不意に彼が顔を上げ、私を覗き込むように目を合わせてくる。

「千鶴が嫌なら……やめようか？」

その言い方はどこか確信めいたものだった。ここまでしておいて聞くなんて。

涙目で宏昌さんを睨みつけるが、対する彼はまったく怯むことなく私の目元に口づけた。

「千鶴はどうしたい？」

吐息交じりに問いかけられ、耳たぶを甘噛みされる。逃げ出したい衝動に駆られる一方で、密着する肌から伝わる温もりは心地いい。

私はおとなしく白旗を掲げた。

「……やめてほしくないです」

離れてほしくない。そばにいてほしい。こんなにも求めるのは彼だけだ。

「宏昌さんが欲しいんです」

弱々しく自分の本音を告白する。これ以上、どう伝えたらいいのかわからない。

宏昌さんは私の頭を撫でながらどこか安堵した面持ちになった。

「ん。千鶴の気持ちが聞けてよかった」

私が反応する前に口づけられ追及する間もなく、宏昌さんに求められる。籠絡(ろうらく)されて、落ちていく。すぐに私はなにも考えられなくなった。


真っ白な楕円形のバスタブに身を沈め、ジェットバスの泡が水面を揺らすのをじーっと見つめた。予想通り夜に入るのと朝に入るのとでは、同じバスルームでもがらりと印象が変わる。

夜景が素敵だった窓からは遠くの方まで澄み渡る青い空が広がり、差し込む光と共に気分を高揚させた。

でも、やっぱりまだ眠いかも。

無意識に目をこすると水滴が跳ねて顔を濡らす。さっきから微睡(まどろ)みそうになるのを必死に堪えていた。

「大丈夫か？」

不意にすぐ真後ろから声をかけられ、心臓がドキリと鳴った。一拍間を空けてから、私は声のした方を見ずに小さく答える。

「大丈夫です」

するとと宏昌さんが苦笑したのが伝わってきた。

「あまりそう聞こえないな。まだ眠い？」

前に回されていた腕の力が強められ、心配そうに耳元で尋ねられる。その聞き方がなんだか子どもに対する扱いみたいだけれど、私は素直に頷いた。

「少し」

「無理させて悪かった」

そう返されてしまうと今度はこちらがどう答えていいのか困ってしまう。

朝、宏昌さんに抱きしめられた状態で目を覚ますのは、それはそれで幸せだった。体をすり寄せ、もっと彼の体温に包まれていたいと願いながらも、いつまでも眠っていられないと冷静な私が告げてくる。

葛藤しつつ体を起こすと思った以上に気だるくて驚いた。結局、宏昌さんに全然離してもらえず、最後はあまり記憶がない。

どうだったかと思い出そうとしたら、恥ずかしさでその場でうずくまりたくなるのであえて考えないようにする。

ひとまずお風呂に入って頭をすっきりさせよう。

その結論に達して彼の腕を抜け出そうとした、そのときだった。

『千鶴？』

宏昌さんが目を開け、眉をひそめながら私の名前を呼んだ。寝起き特有の掠れた声は色っぽく、瞬時に昨夜の艶事が蘇る。

私はふいっと視線を逸らし手早くバスルームに向かう旨を告げた。すると宏昌さんが、まだ意識が覚醒しきっていないにもかかわらず、一緒に行くと身を起こし抱きしめてきたので、私は慌てた。『お先にどうぞ』『ひとりでゆっくり入ってきてください』といった私の言葉を、彼はまるで聞こえないかのように無視してふたりで入るように強引に進めたのだ。

そして今、宏昌さんに後ろから抱きしめられる形でふたりでバスタブに浸かっている。

「……なにかありましたか？」

なにげなく沈黙が降りた瞬間、私からさらりと尋ねた。

「どうした？」

曖昧な質問を投げたからか、宏昌さんから聞き返される。私はそっと首を動かし、彼の方に顔を向けた。

「お疲れだったとはいえ昨日の宏昌さん、なんだか変でした」

嫌なことはひとつもなかった。相変わらず激しくて優しい。でもなんとなく、いつもと違う気がしたのだ。どことなく不安そうとでもいうのか。

私の勘違いかな？

宏昌さんを窺うと彼はふっと笑みをこぼし、私の頭を撫でた。

「千鶴には敵わないな。心配しなくていい。たいしたことじゃないんだ」

その発言で私の予想が当たっていたのだと受け取り、緊張が走る。

「大丈夫ですか？」

さっきと立場が逆だ。慌てる私に宏昌さんは笑顔を崩さない。しかし彼はそのままなかなか次の言葉を続けようとしなかった。わずかに渋い顔になり、言うかどうか迷っているのが伝わってきて先に悟った私が口を開く。

「あの、話したくないのなら無理にとは」

「そういうわけじゃない」

言い終わる前に宏昌さんに強く否定される。それから彼はしばし葛藤を見せた後、私の頬に触れた。

「千鶴を不安にさせるような真似はしないって言ったのに……だめだな、俺は。ただ、話せば逆に千鶴に呆れられるかもしれない」

苦々しく笑い宏昌さんは事情を語り出す。

「昨日のパーティーでルカフロントの笠井社長とお会いしただろ？」

「ええ。確か次期後継者のお孫さんを連れていらしてましたよね」

社名と名前ですぐに記憶を呼び起こす。宏昌さんのおじいさまと同年代である笠井社長相手でも、彼は穏やかに会話を楽しんでいる気がしたのだが。

「その孫だと紹介された男性が、やたらと千鶴に絡んで親しくするものだから……」

ところが焦点はそこではないらしい。気まずそうに続けられた内容に私は目が点になった。そして我に返り、すぐさま弁明する。

「ご、誤解です。その、笠井社長は宏昌さんとお話が弾んでいたので、私は手持ち無沙汰になっていらっしゃるお孫さんのお相手をしていただけで……」

たまたま私と年齢がひとつ違いで、こういった場に まだあまり慣れていないと話す彼を気遣わなければと思った。もちろんビジネス相手としてだ。

「わかっている。にしてもやけに馴れ馴れしかったし、なにより千鶴を彼の妻だと誤解した人もいただろ」

私がお孫さんと話していた際に笠井社長の知り合いの方に声をかけられ、お孫さんが結婚したのだと勘違いをされてしまった。もちろん失礼にならない程度に即座に否定したが、やはり私の立ち振る舞いが悪かったのかと苦しくなる。

「千鶴はなにも悪くない。俺が面白くなかっただけなんだ。正直、見せつけたいって言ったのを後悔している」

私の心の内を読んだのか、宏昌さんがぶっきらぼうにフォローを入れた。

「パーティーが終わって千鶴と別れた後、わざわざ彼に『奥さん、しっかりしてますね。年下だからなんでも言うことを聞いてくれるでしょ』って言われたんだ。確かに俺は強引で、いつも千鶴に甘えているところがあるのは自覚していたから、なかなか刺さったよ」

『ん。千鶴の気持ちが聞けてよかった』

昨夜の宏昌さんの言葉が頭を過ぎる。

「宏昌さん」

体を捻って身を翻し、彼と正面から向き直った。勢いよく動いたことでジェットバスの泡が弾けて逆らうように波が起こる。体勢を安定させるため、宏昌さんの肩に手を乗せて、しっかりと彼の目を見つめた。

「私、全然しっかりしていませんよ。それになんでも言うことを聞く妻だったら……離婚届を突きつけたりしません」

強く言い放ったものの最後は後ろめたさから歯切れが悪くなってしまった。一方で宏昌さんは突然の私の宣言に目を瞬かせ、ややあって相好を崩す。

「ああ、知ってる。千鶴は意外と頑固で一筋縄ではいかないときがあるし、真面目でしっかりしているのにたまに抜けていて」

その通りなのだが、冷静に淀みなく指摘されると恥ずかしい。

「す、すみま」

思わず謝罪の言葉を口にしそうになったのとほぼ同じタイミングで宏昌さんに抱きしめられる。派手に水が跳ね、私の声は掻き消された。

「そんなところも全部愛しくてたまらないんだ」

その代わり耳に届いたのは嬉しそうな声で、彼を窺おうとしたら額にキスが落とされる。続けてこつんとおでこを重ねられた。

「まったく。俺は自分のことをもっと冷めた人間だと思っていたのに、千鶴に出会って、こんなにも誰かに執着して激しく感情が揺すぶられることになるとは思いもしなかった。嫉妬深くて心が狭い自分にも驚いている」

「私も同じですよ」

どこか自嘲気味に呟く彼に、弾かれたように答えた。

「昨日の夜、あまりにも宏昌さんが余裕たっぷりなので、私と違ってたくさん経験しているんだろうなって想像して……宏昌さんの過去にやきもち妬いちゃいました」

眉尻を下げ、子どもが失敗を白状する口調で告げた。

変えられないものに嫉妬するなんて不毛だ。わかっているけれど、この感情だけはどうしようもない。それはきっと、私も相手が宏昌さんだからだ。

私はそっと彼の頬に触れる。

「こんな気持ちになるの、宏昌さんだけなんです」

改めて彼を見ると、普段はきっちりワックスで整えられた髪は今は水分を含んで下ろされている。むき出しの肌は引き締まっていて逞しく、鎖骨のラインが綺麗にわかる。無防備で、それでいて大人の男性の色気たっぷりの姿に見惚れてしまう。

宏昌さんの目に映る私を見つけるほどの距離で、どちらからともなくおもむろに唇を重ねた。

啄むようなキスを幾度となく繰り返し、時折下唇を優しく食まれ心を奪われていく。

甘くて熱い……。

肌に汗が滲んでいるのは、彼との触れ合いのせいなのか、この状況が原因か。

「と、とりあえずもう出ましょう」

なんとか理性が打ち勝ち、私からキスを終わらせ平静を装って提案した。これ以上はのぼせてしまう。頭も、体もだ。

「そうだな」

宏昌さんも同じ考えなのか、すんなり同意した。彼の反応にかすかに寂しさを覚え、勝手だと慌てて振り払う。

「その前に」

「えっ？」

なぜか宏昌さんが私の両肩に手をかけ、次に素早く首元に唇を寄せてきた。それだけで背中がぞくりと震える。

「綺麗についてるな、痕」

しみじみと呟かれ、吐息が肌にかかるのと内容も合わさり、頬が一気に熱くなった。

昨晩、いつも以上に愛される中で体の至るところにキスマークをつけられ、それはこの明るい空間でありありと実感している。

「だめです」

痕を重ねるように皮膚に唇を添わせる宏昌さんに、私は必死に抵抗した。
「しばらくドレスを着る予定はなかっただろ」
「そういう問題じゃ……」
彼は見えるところにあえてつける真似はしないが、それでもこのシチュエーション
ですんなり受け入れられない。
困惑していたら、宏昌さんが顔を上げ素早く私に口づけた。
「後にも先にも千鶴だけだよ。いつも俺の理性を狂わせる」
低く真剣な声で囁かれ、もう全部許してしまいそうになる。いつも大人びて落ち着
き払っている宏昌さんが、こんなにも独占欲が強くて情熱的な人なんて知らなかった。
余裕のない姿を見られるのは妻である私だけの特権だと思うと嬉しくなる。
宏昌さんもこんな気持ちだったのかな？
こんなふうにお互いの新しい面を知ったり、ふたりでいることで生まれる感情も出
てくるんだろうな。
今回みたいにぶつかることがあるかもしれない。でもこの先、私たち夫婦はなにが
あっても大丈夫だと今は強く思える。
どんな私でも受け止めてくれる宏昌さんの揺るぎない気持ちが伝わったから。私も

しっかりと応えていきたい。

出会って十年経つ私たちの幸せな結婚生活はまだはじまったばかりで、それはこれからずっと続いていくんだ。

永遠の愛を誓った彼に、今度は私から口づけた。

番外編　永遠の愛を誓った日【宏昌Side】

七月下旬になり、しっかり夏の訪れを感じる一方で、仕事をしているとゆっくり四季を楽しむ余裕もない。

その考えを社長室に飾られている花を見て、すぐに訂正する。

すっと縦に並んだ淡いピンク色の花が、部屋に彩りを添えていた。夏を代表する花のひとつ、グラジオラスだ。下から上に花を咲き進め、上の方はまだ蕾の状態で咲き頃を待ちわびている。秘書である千鶴が活けたものだった。

空調が整えられているオフィスの中で、季節感を意識していつも彼女が用意している。来客にも好評で、こういった細やかな心遣いは自分にはできない。

出会った頃は高校生だった千鶴もすっかり大人の女性になった。

『やっと見つけたんだ。小野さんという方でご本人は亡くなられていたが、息子さんに会えたよ』

祖父が嬉しそうに父と俺たち兄弟に報告してきたのは、かれこれもう十年以上前の話になる。すべてはあの発言からはじまった。

※　※　※

GrayJT Inc. は元々曽祖父がアメリカで興した会社だった。

その際にたまたまそこに居合わせた、ある日本人男性に助けられた話を幼い頃から耳にたこができるほど聞かされてきた。彼が何者なのかは、わからない。名乗りもせず、いつの間にかその場を去っていたそうだ。

彼の存在を曽祖父はずっと気にしていた。

GrayJT Inc. が業績を伸ばし、グループ会社として大きくなるほどに、その助けてもらった彼に恩返ししたい気持ちを強くしていったらしい。

なんとも義理堅いと身内ながらに思う。曽祖父が亡くなった後、その役割は祖父へ引き継がれ、祖父が見つけられなければ父が、父が無理なら息子である俺たち兄弟がその恩人を探すことになっていただろう。

そして曽祖父の遺志を継いだ祖父が、その恩人の息子をついに見つけたのだ。

話を聞くと、曽祖父と同じく当人も故人となっていたが、彼の孫は GrayJT Inc. のグループ会社に勤めているらしい。その事実に祖父はさらに縁を感じて喜んでいた。

よかった、よかったと素直にいい話で終わるのかと思っていたら祖父はとんでもないことを言い出したのだ。

「それで恩人である小野さんの曽孫のお嬢さんとお前たち三人のうちの誰か……いや、宏昌にゆくゆくは結婚してほしいんだ」

「はっ?」

突然の名指し、しかも結婚という突拍子もない話題にさすがに声をあげる。父や弟たちも目を丸くしていた。

確かに順番で言えば長男である俺が妥当だろう。

しかし相手がまだ高校生だと聞かされ、度肝を抜かれた。それなら俺ではなく三男の貴斗の方が年齢も近い。

どうして俺なのか。今すぐ結婚というわけではないのなら学生である弟たちが候補に挙がってもいいはずだ。しかし祖父は聞く耳を持たなかった。

相手側がこちらとの結婚を望んでいるのかと尋ねると、本人は結婚どころか祖父同士のやりとりや曽祖父との繋がりさえまったく知らないらしい。

彼女の祖父とのやりとりを聞かされ、事の経緯を説明されたものの、さすがに本人の意思を無視して進めるのは、問題だろう。相手は結婚どころか恋愛経験だってまだそこまでない、いわば普通の女子高校生だ。

俺たち兄弟にとっては、結婚相手に関してそれなりにじいさんの意向が入るものだと物心がつく頃には承知していた。

これがGrayJT Inc.を経営する灰谷家に生まれた宿命だ。とはいえこんな事態は、まったくの想定外だ。なぜ俺の相手に彼女を宛がったのか。

大学を卒業し、父の会社を継ぐために社会人として働く傍ら、会社の経営などを勉強するため日々忙しくしている身としては、どうも納得できない。

「相手のお嬢さんの気持ちを無視して、無理やり結婚をさせる気は微塵もない。しかし人ひとりの心を動かせなくて、多くの者たちの上に立てるのか？」

俺の不満を見透かしたように祖父が厳しい眼差しを向けて問いかけてくる。暗に俺がGrayJT Inc.を継ぐことに対する疑いの気持ちが込められていた。

この結婚話は、もしかすると祖父なりに俺を試しているのかもしれない。

「彼女と結婚するのがGrayJT Inc.の後継者としての条件だと？」

「一番大切なのは、お嬢さんの気持ちだ。生半可な気持ちで受けるなら今この場で無理だと言った方がいい。雅孝か貴斗で考える」

それは〝なにを〟考えるのか。俺は一度弟たちの顔を見た。

後継者云々より彼女の結婚相手として考えたとき、雅孝はどうも忘れられない相手がいるらしく、まだ前向きに結婚を割り切れなさそうだし、貴斗は基本的に他人に興味がない。恩人の曽孫を託すにはいささか不安だ。

冷静に分析してため息をつく。改めて進言しなくても、じいさんだってわかっているはずだ。つまりこの話の相手は俺しかいないらしい。

しばらく考えを巡らせ、祖父の目をしっかりと見て答えた。

「ひとまず彼女に会ってみたい」

相手は高校生だ。恩人の曽孫としてそこまで大切に扱うつもりなら、すぐに結婚という話にはならない。時間をかけて考えていけばいい。

それにしても相手の気持ちを尊重しなくてはならないのはある意味、厄介だ。どうせならお互いに政略結婚と割り切っていた方がよっぽどやりやすい。

今、付き合っている彼女ともそんな関係だった。親同士が知り合いなのもあり、大学時代に彼女から声をかけられ付き合い出したが、その前に彼女が付き合っていた連中は皆、それなりの家柄の出身だった。そして付き合うスパンもかなり短い。

彼女が欲しいのは刺激だ。好きなのは、GrayJT Inc.の灰谷家の長男という俺の肩書きで、それを俺もわかったうえで付き合っている。

相手に期待しない分、失望もしない。昔から自分に寄ってくるのは、年齢や性別など関係なく様々な思惑を抱えた人間が多かった。

おかげで異性との付き合いに愛や恋だの純粋なものは求めていない。

恩人の曽孫だという彼女に少しだけ同情する。彼女は今、父親の仕事の都合で、家族で渡米しておりもうすぐ帰国なんだとか。その状況から恋人や好きな相手はいないと想像する。そうであってほしい。

彼女は夢にも思っていないはずだ。勝手に結婚話を進められ、さらに相手が俺みたいな人間なのだとは。


千鶴と初めて顔を合わせたのは、毎年四月に開催している社員家族を招いてのパーティーでだった。事前に彼女の情報は得ていて、父親と共に家族で参加することは知っていた。

本人に直接会えるのではないかと淡い期待を抱きつつ、会場の広さや参加人数から考えると、難しいとも思う。

ところが、巡り合わせというのか縁は存在するのかもしれない。

なにげなくパーティー会場となっているホールから出たところで、隅っこのソファに腰かけ、ひとり休憩している千鶴を見つけた。

写真でしか見たことがない彼女のそばに不思議な気持ちでゆっくりと近づいていく。

淡いピンク色のドレスを身に纏い、髪も綺麗にまとめ上げている。背伸びした感じもなく、彼女の魅力を最大限に引き出してよく似合っていた。

横顔しか見えないが、透明感のある肌に、形のいい鼻からすっきりとした唇のラインが綺麗でナチュラルな美しさがある。

写真よりも幾分か大人っぽくなっていて、想像していたより胸を高鳴らせている自分に驚く。どうやら思ったよりも彼女に会いたい気持ちが大きかったらしい。

当の千鶴はこちらにまったく気づきもせず、うつむき気味にバッグからなにかを取り出そうとしていた。体調が優れないのだろうか。

「平気？　気分でも悪いのかい？」

初対面で声をかけてもおかしくない言葉をあれこれ考えていたが、不要だった。話しかけられた千鶴は驚きで目を丸くしている。

続けて彼女は、すぐさま立ち上がり、父親の名前と会社名を告げ頭を下げた。

「いつもお世話になっています」

今度はこちらが目を見張る。当然だが先に千鶴を知っていて会いたかった自分とは違い、彼女にとって俺は初対面で、かつGrayJT Inc.の灰谷宏昌としての認識だ。

困惑気味に微笑み、返事をする。

「こちらこそ、お父さんにはお世話になっているよ。で、君の名前は？」

とっくに知っているが、それを明かすわけにはいかない。

「あっ、小野千鶴です」

「いくつ？」

「十六歳になります」

こちらもわかっていて聞いたのだが、やはり改めて年齢を口にされると自分との年の差を思い知らされる。女の子と表現してもなんら間違いではない。

「若いなぁ」

おかげで、つい本音が漏れる。すると千鶴は少しだけ複雑そうな表情になった。ふたりの間に気まずい雰囲気が流れ、俺は慌てて別の話題を振る。

「それ、なんの本？」

彼女がバッグから取り出そうとしていたのは小さな辞書みたいなものだった。

「国語の参考書です。その、こっちでの授業についていくのが難しくて……」

そこで彼女の境遇を思い出す。家族で長い間、アメリカで暮らしていた分、帰国してすぐに日本の授業にすべて対応するのは難しい。ましてや彼女はわりと有名な進学校に入学したと聞いていた。

「そうやって隙間時間さえ使って一生懸命勉強しているんだ」

きっと彼女は、どこに行ってもたゆまぬ努力を続けてきたのだろう。もっと勉強に時間を費やしたいのかもしれないが、こうして父親の顔を立てるためにパーティーにも出席している。家族思いで礼儀正しい。

「はい。でも国語って自主学習だけで実力をつけるのは意外と大変ですね」

眉尻を下げて初めて本音とも取れる弱音を漏らす千鶴に、庇護欲を掻き立てられる。

「頑張っているんだね」

彼女をもっと知りたくなり、話を続けようとした。

「宏昌くん」

続けて話題を振ろうとした際、パーティーに参加していた河合綾美が声をかけて近づいてくる。すぐさま千鶴の顔が強張り、参考書を鞄にしまって立ち上がった。

「お時間取らせてすみません、失礼します」

そそくさと立ち去る彼女を止めようとしたが、声にならない。この状況でなにを言うんだ？

『生半可な気持ちで受けるなら今この場で無理だと言った方がいい』

あのときの祖父の声が脳裏に響く。

彼女は中途半端に向き合う相手じゃない。祖父に言われたからではなく心からそう思う。会話と呼べるほど話していないかもしれないが、千鶴に会って強く確信した。

そして俺はパーティーが終わった後で、付き合っていた河合綾美に別れを告げた。

「悪い、別れてほしいんだ」

まさか自分が振られる側だと思っていなかったのか、あまりにも突然だからか、河合綾美は大きく目を見張った。

「どうしたの、急に？」

言葉を迷いつつ結婚が決まったと告げる。すると彼女の眉が吊り上がった。

「いつ？」

「まぁ、正確には婚約もまだなんだ」

悩んだ末、俺は正直に事情を話す。複雑な状況ではあるが、それが付き合っていた彼女に対する精いっぱいの誠意だと思えた。

しかし説明を聞いても彼女は納得しきれていない様子だ。

「相手はまだ高校生なんでしょ？　なら婚約か、もしくは彼女と正式にお付き合いが決まるまでこの関係を続けるのはどうかしら？　私は気にしないから」

　確かに千鶴とはやっと初対面を果たせただけで、結婚や婚約どころか付き合うまで話が至るのかどうか不確かだ。千鶴の気持ち次第ではそんな日は訪れないかもしれない。

　以前の俺なら、千鶴に会いつつ彼女との関係も続ける道を選んでいただろう。でも。

「いいや、中途半端な真似はしたくないんだ」

　きっぱりと言い捨てた。すると河合綾美の顔があからさまに歪む。

「それは、私に対してじゃなくて、お相手の彼女に対してってこと？」

　一瞬答えに迷ったが、俺がなにか言う前に彼女がわざとらしく肩をすくめた。

「わかりました、別れましょう」

　打って変わって河合綾美はあっさりと了承した。虚を衝かれる俺に彼女は含んだ笑みを向けてくる。

「私も結婚までは考えていなかったし、おじいさまの手前、しょうがないですね。まぁ、あれくらいの年の女の子は年上に憧れを抱きやすいから手玉に取るにはちょうどいいのかしら。その分、幻滅されるのも早いでしょうけれど」

　毒を孕んだ彼女の言い分に俺はなにも言い返さない。ただ受け取るだけだ。

「せいぜい彼女の理想を崩さず素敵な結婚相手になってあげてくださいね」

再度、謝罪の言葉を口にしようとしたが、河合綾美はさっさと踵を返し俺の元を去っていった。

大きく息を吐いてうつむく。申し訳ないとは思うが、自分でもびっくりするほど彼女に未練を感じていない。やはり俺は薄情な人間なのか。

『あっ、小野千鶴です』

『十六歳になります』

ふと千鶴の表情、声がリフレインする。

さて、初対面を果たしたがこれからどういうふうに彼女と関係を築いていくべきか。

『はい。でも国語って自主学習だけで実力をつけるのは意外と大変ですね』

ひとまず、このパーティーで会えるかどうか不確かだったので、千鶴と対面を果たす方法は別に考えていた。彼女と会話したことで一層、自然に実行できそうだ。

祖父からこの話を振られたときは頭を抱えたが、今は千鶴にまた会えると思うと不思議と胸が弾む。今日、彼女と会ってもうひとつ気づいたのは、想像していたより千鶴の声は落ち着いていて耳に心地いいということだ。

「おかえり、千鶴ちゃん」

パーティーから半月経った五月半ばのある日、事情を知っている千鶴のご両親に先に根回しし、千鶴が学校から帰宅する時間帯に家にお邪魔した。

せっかく再会を果たしたのに、千鶴は信じられないといった面持ちで不審そうな眼差しをこちらに向けてくる。

セーラー服姿の彼女は年相応の清純な魅力がある一方で、自分との年齢差を嫌でも思い知らされ、ある種の罪悪感を覚えさせられる。

「あの、どうして……」

「実は、うちの祖父と千鶴ちゃんのおじいさんが知り合いだったんだ。もっと言えば曽祖父の頃から繋がりがあってね」

相手の意を汲み、説明する。ここは下手に嘘をつくべきではないと判断した。さすがに当人たちを無視した結婚の話を交わしたとまではできないが、筋は通っているはずだ。

「祖父に君と会ったことを話したら、この繋がりを大事にするようにって言われてね。どちらかと言えば、うちは千鶴ちゃんのおじいさんにお世話になっている方なんだよ」

笑顔で事情を話すが、千鶴はいまいち納得できていない様子だ。

「それで、今日はどうされたんですか？」

彼女の訝しげな気持ちは声にも表れた。対する俺は笑みを崩さずに続ける。

「国語の授業に苦戦しているって言ってたね。ちょうど家庭教師をつけようか迷っているって小野さんに聞いて、俺でよければその役目を任せてもらえないかな？」

きっと千鶴はこの提案を拒まない。彼女に取って損な話ではないし、父親や祖父の立場を考えたら無下にはしないだろう。

しかし千鶴は俺の予想を華麗に裏切った。あの揺れない瞳で真っすぐに俺を見つめてくる。

「祖父に感じている恩を私に返すのは間違っていると思います。私には必要ありません」

正直、面喰らった。けれど彼女の言い分は、まったくもって正当だった。

おかげで自分の気持ちを見つめ直す。

俺はどうしたいんだ？　元々祖父に彼女との結婚を言われたのが発端で、ここにいるのは間違いない。だが、それだけか？

必要だと割り切れば誰が相手でも結婚できる。彼女が相手だとしても例外ではない。

ただ今日は結婚云々の前に、また会えるのを楽しみにしていた。〝会わなければ〟ではなく〝会いたかった〟んだ。これは事実だ。

「ごめんね、言い方が悪かった」

自分の浅はかな気持ちを見透かされた気がして、俺は素直に謝罪する。

今度は俺が彼女をしっかりと見据えた。

「千鶴ちゃんと話して、力になりたいと思ったんだ。祖父に言われたことは関係なく俺自身が」

柄にもなく本音をぶつけたら、千鶴は目を見張った後、形のいい眉をへの字にして困った顔になる。

「でも……お忙しいんじゃないですか？」

「大丈夫。時間は作るものだから」

変に取り繕うのはやめて否定も肯定もしない。実際に忙しいが、なんとか彼女との時間は確保してみせる。義務だからじゃない。俺がそうしたいんだ。

俺の真剣さに圧されたのか、ややあって千鶴が笑って張りつめていた空気が消える。

「笑ったってことは、了承してくれるのかな？」

「……はい。よろしくお願いします」

彼女の答えを聞いた途端、心から安堵する。そして、少しだけじいさんの言っていた意味が理解できた。

『人ひとりの心を動かせなくて、多くの者たちの上に立てるのか？』

上に立つか否かはともかく、相手に自分の意思に沿うよう動いてほしいのなら、斜に構えて余裕ぶっていても伝わらない。同じ目線に立って真摯に向き合わないとならないんだ。当たり前のようでわかっていなかったことを、まだ高校生の千鶴に教えられた。

週に一度、決まった時間とはいかないが、俺の都合を優先させてもらいながら千鶴の勉強を見ることになった。メインは国語だが、基本的にどの教科でも受け付ける。

努力家で元々優秀な彼女は、予習や復習を欠かさず、毎回熱心に俺との時間に取り組んだ。質問は先にまとめてあるし、こちらが解説した問題は自分なりに理解して確認を求めてくる。雑談などほとんどない。

距離を徐々に縮めていくというこちらの目論見がはずれる。ストイックな姿勢を崩さない千鶴に、逆に不安を抱くほどだった。

「文学館の企画展が今、古今和歌六帖をテーマにしているらしいから一緒に行ってみる?」

ある日、休憩時間にさりげなく共に出かけようと俺から切り出す。露骨にプライベートな誘い方はできないので、家庭教師の延長線上としておかしくない場所を選んだ。ちょうど模試の問題で出されていた作品で、彼女も興味を持っていた。おそらく断られたりはしない。

しかし千鶴はしばし考えを巡らせた後、小さく首を横に振った。

「……いいえ、けっこうです」

顔には出さないものの、内心戸惑いが隠せない。女性に誘いを断られたのは、実は初めてだった。

どうして彼女は断ったんだろうか。

関係性の問題か、俺自身のせいなのか。『先生』と呼ぼうとする千鶴を制し、『宏昌さん』と名前で呼んでもらっているが、あまり意味はないかもしれない。

もしかすると一週間に一度、この家庭教師の時間以外に彼女は俺と会うつもりはないのか。それともこちらの下心を見透かされている?

続ける言葉を悩んでいたら不意に千鶴と目が合う。

「ありがとうございます。気を使ってくださって」

曖昧に微笑む千鶴に複雑な気持ちになる。

気を使わせたのはこちらの方だ。どうせ笑うならもっと幸せそうな顔をしてほしいのに、千鶴は俺の前ではあまり笑わない。家庭教師をする旨を了承したときくらいだろうか。

ひとまず話題を変えよう。

たまたま千鶴と好きな作家の話をしたとき、彼女が挙げた著者の新刊が出ていたので、同じ系統の好きそうな作品と合わせて何冊か持ってきた。

とはいえ、前におすすめの参考書だといくつか見繕って渡したときも千鶴はきっちりと料金を支払おうとするので、参ってしまった。

頑なに贈り物として受け取ってもらえない。

下心がないと言えば嘘になるし、じいさんに言われた手前というのもあるけれど、純粋に千鶴に喜んでほしい気持ちが一番なんだ。

こんなふうに誰かに対して必死になったことが今まであったか？

そのとき本の間に挟まっていたのか、鞄から取り出した際、なにかが落ちた。

「あっ」

千鶴が気づいて先に拾う。コンビニで飲み物を買った際、キャンペーン中だと渡されたチョコレートだ。

さっさとお礼を告げて受け取ろうとすると千鶴がまじまじとチョコレートのパッケージを眺めている。

「これ……久しぶりに見ました。アメリカに行く前によく食べていて」

懐かしさからか、自分の話をする彼女はやや興奮気味だ。

「よかったらあげるよ」

「え、でも」

チョコレートから俺に目を向けた彼女と目が合う。俺はにこりと微笑んだ。

「それ、おまけでもらったものなんだ。千鶴ちゃんが好きならどうぞ」

一瞬、さっきの記憶とだぶって断る姿が頭を過ぎる。しかし彼女は顔を綻ばせた。

「ありがとうございます。これ好きだったんです」

嬉しそうな千鶴の笑顔に、あっさりやられる。それとなく目線をはずし、珍しく動揺している自分がいた。

いい大人で、それなりの付き合いもしてきたはずなのに、こんなにも心が揺すぶられるのは初めてだ。

彼女の反応ひとつにどこまで振り回されているのか。

柄にもない。いつもの余裕はどうしたんだ。

自分を叱責する一方で、こんな気持ちになるのも悪くないと思う。

「あの、やっぱりもらったのは宏昌さんですから……よかったら一緒に食べませんか？」

しばらくなにかに葛藤していた千鶴が、こちらを窺いながら提案してくる。俺に対してどうこうというより、彼女はただ律儀で真面目なだけなのかもしれない。

ここで「別に俺はいいよ」と言うと千鶴が余計に困惑するのが予測できた。だから、答えは決まっている。

「もらおうかな」

案の定、彼女はホッとした顔を見せてチョコレートを丁寧に開けていく。

少しだけ千鶴のことが理解できた気がした。できればもっと彼女を知っていきたい。

そうやって千鶴と過ごすうちに、少しずつ距離が縮まり彼女も同じ気持ちを抱いてくれるようになっていった。

地元の大学へ進学が決まり、彼女の高校卒業が迫ってきた二月末。家庭教師の名目で会うのもそろそろ終わりだ。

「宏昌さんのことが……好きです」

そんなとき千鶴から想いを伝えてくれ彼女の気持ちに安堵する反面不安もあった。どうした？　この展開を俺も望んでいたはずだ。

『せいぜい彼女の理想を崩さず素敵な結婚相手になってあげてくださいね』

千鶴は祖父同士の話も、俺が最初に彼女に接触した理由も知らない。本当は俺がどんな人間なのかも……。

不安な顔でこちらを見つめる千鶴に、情けないがすぐに返事ができなかった。

「ありがとう。ただ、俺は千鶴ちゃんが思うような男じゃないかもしれない。他の一面を見たら」

「確かに私、家庭教師をしていただいた宏昌さんしか知りません」

自嘲的に吐き出す俺の言葉を遮って、千鶴はきっぱりと答えた。目を丸くする俺に千鶴は視線を逸らさず続ける。

「私の知っている宏昌さんを好きだと思いました。他の一面は、これから見せてください。もっと宏昌さんを好きになるかもしれません」

千鶴はいつも真っすぐで、素直だ。今だって変に取り繕ったりしない。

『顔も性格もあなたのすべてが好き』

今まで近づいてきた女性にそう言われると、どこか薄っぺらい気がして冷める自分がいた。

すべてとはなんだろう。こちらのなにを知っているのか。そういった女性に限って『思っていたのと違った』と告げさっさと去っていく。

千鶴は自分の目で見て、俺と過ごした時間で芽生えた気持ちを信じて、大事にしている。そんな想いを今まで傾けてもらったことがあっただろうか。

彼女は俺が思うよりずっと大人だ。

「よかった。千鶴が俺を選んでくれて」

そっと彼女を抱きしめて初めて名前を呼び捨てにしてみる。

顔を赤らめて狼狽えている千鶴を腕の中に、ひそかに誓う。

今まで自分にとって恋愛は楽しむもので、結婚は家のために割り切ったものだと思っていた。でも千鶴に出会って変わったんだ。

誰よりも大切で、手放したくない。むしろ彼女には「全部が好き」と言ってもらいたいくらいだ。自分の変化に苦笑する。

千鶴にとって俺は初めての恋人だった。交際を開始するときにわざわざ本人から告げられ、なんとなく予想はしていたが、自ら申告してくるところが律儀な彼女らしい。

「だから、その……宏昌さんには色々と物足らないかもしれません」

不安そうに付け足され、彼女なりに年齢や経験の差を気にしているのだと悟る。

そんな心配はまったく必要ない。こんなふうに自分から望んで手に入れたいと思ったのは千鶴が初めてなんだ。

それをどこまで口に出してもいいのか。

「足らないもなにも、俺の方こそ千鶴に愛想尽かされないように努力するよ」

茶目っ気交じりに返すと、千鶴は必要以上に慌て出した。

「あ、愛想を尽かすだなんて！」

「うん。だから千鶴も変に気を使わなくていい。俺はそのままの千鶴を好きだと思ったんだ」

俺の言葉に照れる千鶴を軽く抱きしめる。初めてなのは俺も同じだ。今までの恋愛経験なんて意味がない。どうすれば千鶴を繋ぎ止めていられるのか。

まさか自分が七つも年下の彼女にここまで夢中になるとは、祖父から結婚の話を聞いたときは、想像もしなかった。

千鶴が大学に入学したのと同時に指輪を贈ったのは、彼女の不安を少しでも解消できるようにと思ったのに加え、周りに対する牽制の意味も強かった。

これから千鶴の世界はさらに広がり、異性との出会いも多くなる。それこそ俺みたいに気を使ったり、忙しくてめったに会えない相手よりも、気さくで共に過ごせる時間の多い同年代の男がいいと思うかもしれない。冗談じゃない。

そんな事態を避けるためにも、千鶴の好みに合いそうな指輪を選んで贈ることにした。アクセサリーはあっても、異性に指輪を贈り物にするのは初めてで、千鶴の反応が気になる。喜んでくれるだろうか。

淡い期待をして彼女の家を訪れたときに、部屋で本人に渡す。すると千鶴は中身を確認した瞬間、思いっきり狼狽えた。これは予想外で、付き合ってすぐに指輪を贈るのは、重たかったかといささか不安になる。

「あの、宏昌さん」

「俺は中途半端な気持ちで千鶴と付き合うつもりはない。結婚も考えているんだ」

異性と付き合うのが初めてだという千鶴には、荷が重すぎるかもしれない。けれど千鶴の気持ちはどうであれ、ここははっきり伝えておくべきだ。

千鶴は幾度となく目を瞬かせた後、恥ずかしそうに笑った。

「ありがとうございます……私も宏昌さんと結婚できたらいいなって思っています」

「なら」

なにが躊躇わせているのだろうか。その答えは彼女の口から続けられる。

「でも……その、この指輪は大学生になったばかりの私には、あまりにも分不相応すぎて」

千鶴の回答に面食らう。そういう視点だとは思ってもみなかった。確かに世界的に有名な高級ジュエリーブランドのものだが、そこまで派手なものでもない。だいたいの女性は喜ぶものじゃないんだろうか。

そこですぐに考えを改める。千鶴は今まで自分のそばにいた女性とは違う。俺だって適当に選んだわけじゃない。

「千鶴に似合うと思って選んだんだ。つけていてくれないか？」

目を見て訴えかけると、ややあって千鶴は観念したように小さく頷いた。さりげなくケースから指輪を取り出し彼女の左手を取る。

あからさまに緊張で身を固くしている千鶴の指先を撫で、左手の薬指に静かに指輪をはめていく。金属のひんやりとした感触は、すぐに自分の手を離れ、彼女の指元に収まった。

サイズはぴったりで、千鶴はまじまじと自分の手を不思議そうに見つめている。

「綺麗」

感嘆の声を漏らす千鶴に、ひそかに胸を撫で下ろす。そして彼女の視線が指輪から俺に移った。

「宏昌さん、ありがとうございます。大事にしますね。私、さっきは分不相応なんて言いましたけれど、こういうアクセサリーが自然と似合う大人の女性になれるように頑張りますから」

自己満足だろうかと罪悪感を抱いていたが、千鶴の前向きな発言に気が楽になる。いつもそうだ。こうやって彼女の真っすぐで素直なところに俺は救われているんだ。

「今のままで千鶴は十分、魅力的なのにこれ以上素敵になってどうするつもりだ？」

あまりやきもきさせないでほしいのが本音だ。しかし彼女は冗談と受け取ったらしく、くすくすと笑っている。

「ちゃんと毎日つけますね。いつも宏昌さんがそばにいてくれる気がして嬉しいです」

指輪を見て顔を綻ばせる千鶴は、誰よりも可愛らしい。彼女が笑うだけでこんなにも心が満たされる。

「……婚約指輪や結婚指輪のときは、千鶴の意見もちゃんと聞くから」

なにげなく発言すると今度は彼女の眉尻が下がり、困惑めいた笑顔になった。

「宏昌さん、気が早すぎですよ」

指輪を贈ってすぐに次の新しい指輪の話をしているのだから、気が早いと思われても仕方ない。けれど俺は本気だった。

「そうかな？　あまり遠くない未来の話だと思ってるよ」

微笑みながら再び千鶴の左手を取り、そっと指輪を撫でる。分不相応だと彼女は言ったが、細く曲線を描いたシルバーの指輪は、見立て通り彼女の指に馴染んでいた。

「この先ずっと、左手の薬指には俺から贈る指輪をはめ続けてほしいんだ」

婚約指輪に結婚指輪。形を変えつつ千鶴は俺のものだと証明させてほしい。

空いている方の手で彼女の頬を撫で、視線を送る。窺いながらゆるやかに顔を近づけると千鶴はぎこちなく目を閉じた。

唇を重ねるだけの優しい口づけ。千鶴との初めてのキスだった。

「好きだよ」

言葉にしたからかキスしたからか、千鶴の頬が朱に染まる。初々しい反応が愛らしく衝動的に再び口づけた。一度目よりも甘く長い。

「わ、私」

不意打ちの二回目に、千鶴は大げさに動揺を示した。少し強引だったかと彼女の反応を見守っていると、千鶴は戸惑いつつ俺の目を見て微笑んだ。

「私も宏昌さんのことが大好きです」

余裕が一瞬で吹き飛び、彼女を腕の中に閉じ込める。

この表情を向けられるのは生涯、自分ひとりでいい。子どもじみた独占欲に内心で苦笑するが、こんな自分も悪くないと思えた。


こうして付き合いはじめてわりとすぐに、結婚前提なのを含めてお互いの両親に挨拶に行った。緊張する千鶴を実家に連れていったときに弟の雅孝と貴斗も同席していたのだが、途中で雅孝に少し話があると声をかけられる。

さすがにこの状況で千鶴を残していくのもどうかと思ったが、彼女は母と楽しそうに盛り上がっているので、俺は渋々席をはずした。

「しかし、じいさんはさすがだな。あの兄貴が七つも年下の彼女にここまで一筋になるなんて」

別室に移動し、今までの彼女との付き合いを見てきた雅孝はおかしそうにしみじみと呟いた。

「で、どうしたんだ？」

さっさと本題に入ってほしくてあえて急かす。すると雅孝は笑みを潜め、真面目な顔で聞いてきた。

「彼女にじいさんの件を伝えないようにって先に兄貴から連絡してきたよな？　それは改めて兄貴自身から話すつもりだからって受け取っておけばいいのか？」

千鶴と付き合うことになり、どちらの家族にも先に報告した。その際、両親や弟たちに、元々じいさんの差し金があった話を彼女にしないでほしいと伝えていた。

千鶴だけじゃない。他言無用だと。それについて雅孝は妙に納得していない様子だった。そこで、この呼び出しに合点が行く。

「いいや」

俺はわずかに目線を落として答えた。

「は？　なんでだよ」

「今更、言う必要はない」

あからさまに声のトーンに温度差があった。淡々と返す俺に対し、雅孝は驚きと微妙な苛立ちを醸し出す。

「逆だって。今だから言う必要があるんだ。結婚するつもりなら尚更。いつか彼女の耳に入ったら絶対に傷つく。そのとき、必ず揉めることになるぞ」

雅孝の言い分はわかっているし、正しい。しかし俺は受け付けなかった。

「この話を知っているのはじいさんたちやお前ら含め、ごく一部の身内だけだ。千鶴の親族には最初から話しているし、じいさんにも話は通している」

「でも、なにかのきっかけで知るかもしれない。先に言っておいた方がいいんじゃないか」

しばらくお互い無言で睨み合う。ややあって俺の意思が固いのを悟ったのか、雅孝が前髪をくしゃりと掻き上げた。

「あくまでも兄貴の問題だ。とはいえ一応、忠告はしたからな」

そう言って先に部屋を出ていくので、ひとり残った俺は無意識に眉間に皺を寄せ、軽くため息をついた。

確かにきっかけはじいさんからの命令に近いものだが、千鶴を想う気持ちに嘘も偽りもない。じいさんの発言があったから結婚するわけじゃない。

余計な情報を入れて彼女の不安を煽ったり、疑惑を生んでどうするんだ。

そもそもなんて話せばいい？　千鶴を失うような真似だけは避けたい。

一瞬の迷いが生じたが、すぐに振り払う。千鶴の気持ちを一番大事にするという話だった。だから祖父同士のやりとりを彼女に伝える必要はないし、向こうの親族も納得している。

これでいいんだ。

わずかな後ろ暗さを感じながら俺は千鶴のいる元へと戻った。


両家公認の仲となり、千鶴との交際は順調だった。

忙しい中で千鶴に会う時間を確保するが、あまり頻繁とは言えずまとまった時間もなかなか取れない。千鶴はそのことに文句のひとつも言わなかった。

自分を優先してほしいと言う女性は過去に少なからずいたが、そのたびに鬱陶しく感じてしまい結局は長続きしない。ところが勝手なもので千鶴にはもう少し会いたいとねだってほしいと思ってしまう。

寂しい思いや不安や不満を抱かせたくない。それとも会いたくてたまらないのは俺だけなのか。

「今度、宏昌さんの家に行ってもいいですか?」

久しぶりの千鶴との電話で、次のデートはどこに行きたいかと彼女に尋ねたら予想外の答えが返ってきた。もちろん断る理由はない。

タイミングがなかったといえばその通りなのだが、千鶴は俺の家に来たことがなかった。自室でふたりとはいえ、実家暮らしの千鶴の家で会うのとはまた話が違う。過去の恋愛では考えられないほど、千鶴との関係の進め方は慎重になっていた。世間体や両家の手前といった要因だけじゃない。千鶴が誰よりも大切で、下手に彼女を傷つけたくはなかった。

だから家に行きたいと言った彼女の真意をどう捉えていいのか悩んでしまう。けれど千鶴にそんな素振りは見せられない。

そしてマンションに初めてやってきた千鶴は、まるでテーマパークにやってきた子どものように目をきらきらさせてはしゃいでいた。

「嬉しいです。お家にお邪魔して、また新しく宏昌さんを知ることができました」

無邪気に笑って部屋の中を見渡す彼女に、少しでも邪な考えを抱いていた自分を反省する。すると千鶴は静かに俺のそばにやってきて、ぎこちなく自分から抱きついてきた。

「それから……こうやって宏昌さんとくっついて、もっと一緒にいられると思ったんです」

素直なのか、計算なのか。どちらでもいい。千鶴の正直な思いには違いない。

強く抱きしめ返し、彼女に口づけた。いつもより大胆に深いキスに誘うと千鶴は驚きながらも身を委ねてくる。わずかな理性を残しつつ千鶴が少しでも俺と同じ気持ちでいてくれたことが嬉しかった。

そうやってふたりで時を重ね、彼女が大学を卒業して俺が父親から会社を継いだタイミングで結婚した。

秘書としても妻としても、なにひとつ彼女に不満はない。

あえて言うなら、もう少し気を許してほしいのが本音だ。付き合う前も付き合ってからも、千鶴はいつもどこか遠慮がちで、俺に気を使っているところがあった。

もっとワガママを言って甘えてくれても構わないのに。

元々の関係が家庭教師と生徒だったことも影響しているのか。さらには、良くも悪くも夫婦で職場が同じなので、千鶴の中で俺に対し、素の部分をさらけ出すのは躊躇ってしまうのかもしれない。

それは時間をかけていくしかない。結婚したんだ。彼女は俺のものになって、これからいくらでも時間はある。

ところが、順調だった結婚生活は千鶴の突然の行動によって、大きな波乱を迎えた。

「いいえ、本気です。別れてほしいんです、旦那さま」

なんの前触れもなく千鶴は記入済みの離婚届と退職願を突きつけてきた。まさに青天の霹靂。

冗談でこんな真似をする性格ではないのはよくわかっている。しかし、このときばかりは夢か悪ふざけかを真剣に願った。

だが追い打ちをかけるように、彼女の左手の薬指には贈った結婚指輪がはめられていない。

千鶴と話をしようにも今は仕事中で、午後から予定が詰まっている。反対に半休を取っていた千鶴はさっさと部屋を後にした。

タイミングを見計らっていたのだろう。俺が交渉事を終わらせるのを含めて。

不本意だが弟の雅孝に電話し、千鶴のフォローを頼んだ。こういうとき同じグループ会社として同じビルに入っているのは有り難い。

電話を終えて、どっと項垂れる。正直、仕事どころじゃないがそういうわけにもいかない。渡された離婚届と退職願を破り捨てたい衝動に駆られるが、千鶴の綺麗な字を見て思い留まる。

処分するのは簡単だ。でもそれだけではなにも解決しない。彼女がどんな思いでこれを用意したのか。とにかく千鶴と向き合わなければ。

最低限の仕事を終え、さっさと帰宅して千鶴を待つ。雅孝から千鶴をマンションに送り届けたと連絡をもらい玄関で待機した。

下手をすればこのまま実家に帰ってしまうのではと危惧したが、その事態はどうにか免れたらしい。帰ってきた千鶴は長かった髪を肩先で揺れるほどまで短くしていた。

基本的に髪を伸ばしていたので、新鮮な姿に目を瞬かせる。出会ったときもこれくらいの長さだったと思い出し、懐かしく思う一方で逆に不安も感じる。

突然のイメージチェンジにしては大胆すぎる。なにかの心境の変化か。

「まさか、他に好きな男でもできたのか？」

「ち、違います！　なんでそうなるんですか！」

不安を口にしたらすぐさま否定される。なら、一体どうしたのか。

このときの俺は、まさかこのタイミングで、千鶴が結婚した背景をすべて知ってしまったのだとは夢にも思っていなかった。

さらに彼女は続ける。

「宏昌さんが……好きかどうかわからなくなりました」

『まぁ、あれくらいの年の女の子は年上に憧れを抱きやすいから手玉に取るにはちょうどいいのかしら。その分、幻滅されるのも早いでしょうけれど』

千鶴の発言に、かつて告げられた言葉を思い出す。

出会ったとき、千鶴はまだ子どもで、世間も他の異性もよく知らない純粋な高校生だった。その頃から一緒にいて俺だけを想ってくれているのは有り難いが、不意に不安になったり自分の気持ちが揺らいだりすることがあってもおかしくない。

俺も千鶴と会ってずいぶんと変わった。千鶴だって変わらないわけがない。あまり嬉しい変化とは言えないが。

「わからなくなったのなら、またわからせてやる。迷いなく俺を好きだって必ず思わせるから」

この先、何度だってだ。

すると彼女からデートしてほしいと提案がされた。しかも行き先が遊園地で、さらに驚く。今まで彼女から『遊園地に行きたい』と言われたことはなかったし、好きだとは聞いていない。

けれど、どうでもいい。千鶴が望んでいるのなら叶えるだけだ。

なにより彼女が出かけることを含め自ら希望を口にするのは珍しく、久しぶりだった。

情けないが、千鶴の本心がわからない。それこそ十年も一緒にいるにもかかわらずだ。

曖昧な言葉で多くを語らない千鶴にやきもきする一方で、無理やり問いただすのが正解だとも思えない。

とにかく彼女を想う気持ちが本物だと伝わるように、いつも以上に言葉や態度で示すしかないと思った。

不思議なことに、離婚届を突きつけられてから千鶴の新しい一面をたくさん知っていった。

遊園地ではとくに絶叫マシーンが大好きで、子どものようにはしゃぐ姿は愛らしい。それでいて長く一緒にいたからか嗜好が似ているのもあってそばにいると落ち着く。

そうしていると、久々に祖父の代から付き合いのある小島社長と顔を合わせた。お互いに意外なところで出会ったと思いつつ近況と仕事の話を交わす。

「宏昌くんの人柄も合わせて話しておくよ。今日会ってさらに確信したさ。君は信頼できる人間だ。また仕事の話は改めてにしようか。今日はお互い家族を優先しよう」

カタリーナ・テレコムと繋がりができるのは、会社にとってプラスになる。前々から小島社長とやりとりはあるが、こんな話を持ちかけられたのは初めてだ。おそらく少し前の俺なら彼に評価はしてもらえなかっただろう。

「宏昌さんの人柄を含めた実力ですね。すごいです」

「俺じゃなくて千鶴の手柄だよ」

自分事のように嬉しそうにする千鶴に返す。千鶴と出会って、彼女と結婚したから今の自分があるんだ。

以前のようにとはいかなくても、多少のスキンシップや会話はあるが、千鶴の左手の薬指から結婚指輪がはずされたままの日々が続く。

自分からつけてほしいと言える立場ではないのは重々承知しているが、やはり気になる。

そんなある日、友人と食事をしてから帰宅すると珍しい光景を目にした。千鶴が見たこともない部屋着を身に纏い、ソファでくつろぎ映画を観ていたのだ。

机には缶チューハイが一本。いつも俺に付き合ってアルコールを嗜んだりはするが、ひとりで酒を飲んでいる姿は初めてだ。

声をかけるとまるで悪いことがばれた子どものように慌てはじめる。咎めるつもりは毛頭なく、リラックスして過ごしている千鶴に安心する反面、俺がいるときでもそうやって無防備にいてくれたらいいのにと思う。

観ていた映画は恋愛ものだと説明され、千鶴なりの見所などを語ってくれる。彼女の好きな役者やストーリーを把握し、一緒に映画を観にいくときに活かそうと考える。

こうやってお互いに素の部分を知っていくのは新婚の醍醐味なのかもしれない。

見慣れない部屋着は肩がむき出しでデザイン的にも目を引いた。これは、ちょっかいを出さずにはいられない。

ところが、千鶴の気持ちはここにあらずで映画に気を取られている。やはり観たかったものを中断させたのはまずかったか。しかし、その表情が微妙だ。

「どうしたんだ？　そんなつらそうな顔をして」

予想通り、紆余曲折あった主人公カップルがまとまり、物語はハッピーエンドを迎えている。だが、千鶴の顔は今にも泣き出しそうだった。

「その、映画を観てて……私ならどうするかなって」

映画は、父親に勧められるままに結婚した女主人公の元に、昔付き合っていた恋人が現れ再会を果たす。真実の愛について揺れつつ最終的には夫と離婚して、元恋人とよりを戻すという話だ。

主人公に共感や感情移入するのはよくある。ある意味、映画として成功しているのだろう。でも今はそこじゃない。

千鶴は主人公同様に、誰か引きずっている相手でもいるのか。下手に別れることになった夫の立場に近いところがある自分としては考えてしまう。

今、自分たちの状況がどこか不安定なだけに。

「俺は、千鶴を誰にも渡す気はない」

俺に対する想いが揺らぐのは受け止めるにしても、他の男に持っていかれるのだけは御免だ。

「千鶴はもう俺のものだろう」

問いかけたものの千鶴から返事はない。

不安になりながら顔を寄せると、千鶴はぎこちなくも受け入れる姿勢を見せた。

今まで付き合った彼女には、別れを切り出されても、嫌だと拒否したり縋った覚えはない。あっさり手放せるほどの関係しか築いてこなかった。

こんなにも手放したくないと思うのは千鶴が初めてで、だからこそ繋ぎ止め方がこれでいいのか俺自身もわからないでいた。

膠着状態が続きお互いに仕事が忙しくなる中で、千鶴から昔付き合っていた彼女が担当者の代理として社長室にやってきた話を聞いてわずかに動揺した。

遊園地で久々に再会した河合綾美は、俺が千鶴の希望で一緒に遊園地に来ていたことに大層驚いていた。親同士の繋がりで別れてからも何度か顔を合わせる機会があったが、もうとっくの昔に終わっている関係だ。

疚しい事実はもちろん気持ちもまったくないが、千鶴に対してなにも気にしないほど図太くはない。とはいえ彼女が訪れた理由はあくまでも仕事で、千鶴に聞いても個人的な会話はなかったようだ。

仕事の延長線上でまた彼女と関わることがあるかもしれないが、それはしょうがない。

そう思っていたが、フィデスエレクトロニクス社との契約を巡ってアガタネットとの交渉を繰り広げる中で事態は変わった。

データの流出が判明し、しかも偽のデータに書き換えられたものが第三者の手に渡るという問題が起きた。出所は不明だが、この件が表沙汰になれば確実に会社の信用を落とす。当然、目の前の交渉は難航を極めた。

そのとき部屋に現れた千鶴の存在で、場の流れが変わる。

「カタリーナ・テレコムからうちとのシステム契約の件についていい加減、話をしたいと連絡がありました」

突拍子もない話題に目を丸くしたが、すぐに彼女の意図を読んだ。

カタリーナ・テレコムの名は、先方を動揺させるのに十分な効果があった。世界的有名企業が契約したいと言っているうちのシステムを目の前で手放すのは惜しくなるのは当然だ。手にしている偽データの信憑性も覆る。

俺がすれば角が立つやり方を、すべて千鶴が引き受けてくれた。並大抵の度胸と知識ではできない。

千鶴が颯爽と部屋を去った後、先方の慌てる様子を見ながら笑みを嚙み殺す。

やっぱり俺には千鶴が必要なんだ。仕事ができるからだけじゃない。守りたいと思う一方で、守られて助けられているのはいつも俺の方なんだ。

フィデスエレクトロニクス社とのやりとりが一段落ついたところで、千鶴から今回の事の顛末を聞き、また彼女の本音を知った。

千鶴を不安にさせていたのは結婚の裏にあった事情を知ったからで、やはり原因のすべては俺にあった。

「……行かないで」

必要以上に自分を責めて、感情をあらわに涙する千鶴を抱きしめる。こんな彼女を見るのは初めてで、どこかに行ってしまうと思わせていた自分が憎い。

千鶴を失いたくないからと彼女に事実を伝えなかったせいで、結局は千鶴を追い詰めて傷つけていた。

自分の今の気持ちを改めて伝えて、ひとまず家に帰ってゆっくり話そうと決める。

その前に、俺にはするべきことがあった。

千鶴を先に車に向かわせ、もう何年もかけていない連絡先に電話をかける。相手はすぐに出た。

「フィデスエレクトロニクス社に偽のデータを渡したのは君だったんだな」

『あら、いきなりね。証拠でもあるの？』

単刀直入に用件を伝えたが、軽い口調で返される。河合綾美。千鶴と出会う前に付き合っていた女性だ。

「調べれば、はっきりするさ」

『へぇ。それで私を訴えるのかしら？』

こちらの主張をものともせず、後ろ盾があるからか彼女はまったく怯まない。俺は冷たく尋ねた。

「なにが狙いだ？　本気でフィデスエレクトロニクス社との契約が欲しかったわけじゃないんだろ？」

『ええ、そうね。ちょっとあなたに腹が立って。あなたに愛されているって信じてやまない純粋な奥さまに意地悪したくなったの』

棘のある言い分に俺は眉を吊り上げる。電話の向こうで河合綾美の口角が上がったのが容易に想像できた。

『おじいさまに命令されたから結婚したのよね。彼女を大事にしているけれど、あなたの中では割り切った関係なんでしょ？』

「俺は千鶴を愛してる。祖父は関係ない」

間髪を入れずにはっきりと告げると、打って変わって饒舌だった相手が沈黙した。心なしか動揺しているのが伝わってくる。

『……あなたは、そういう人じゃないはずよ。打算的で、自分の見た目や家柄の使い方をよく知っている。女性の扱いが上手いくせに一時の暇つぶしとしか思っていない』

彼女から見たら、俺はそんな人間だったのかもしれない。今もそうだと思われているようだが、どちらでもいい。

「どう思おうがそちらの勝手だ。ただ、君とはもう二度と会わない。仕事でも、家族ぐるみだとしても。連絡先も消してくれ、俺もこの番号にかけることは金輪際ない」

『なにそれ。私はあなたが』

「千鶴を不安にさせたり、傷つける真似は許さない」

相手の返答は待たずに電話を切った。後悔も未練もなにもない。少しだけ過去の自分のいい加減さに嫌悪はするが。

俺はやはり冷たい人間なのかもしれない。

でも、あのときとは決定的に違う。今はなにをおいても守りたい存在がいるんだ。

※　※　※

この間、フィデスエレクトロニクス社との契約を経て、カタリーナ・テレコムとのライセンス契約も実現させた。ようやく忙殺される日々が落ち着いたところだ。

今日は土曜日で、イレギュラーな対応があって出社したため社長室には俺しかいない。妻であり秘書の千鶴も共に出社すると言ってきたが、やんわり断った。

ここ最近忙しかったのもあり、どうも千鶴の体調があまりよさそうではなかったからだ。無事に用件を済ませ、帰路につく。ひとまず午後は彼女とゆっくり過ごそう。

「ただいま」

「おかえりなさい、宏昌さん。お疲れさまです」

リビングに顔を出すと千鶴はノートパソコンを広げていた。おそらく仕事をしていたのだろう。彼女はパソコンを閉じると立ち上がってこちらに近づいてきた。そしておもむろに抱きついてくる。

帰ってきてすぐというのは珍しい。そう思って頭を撫でると、こちらの心を読んだのか千鶴が気恥ずかしそうに呟いた。

「宏昌さんに、甘えたくなったんです」

「それは嬉しいな」

そっと見上げてくる千鶴と目を合わせる。にこりと微笑む俺に対し、気のせいでなければ千鶴は少しだけ緊張した面持ちになった。

彼女の表情に不安を覚えたのも束の間、さっと千鶴は離れていく。そして彼女は机に置いてあった封筒を持って再度こちらにやってきた。

「あの、お話があるんですが構いませんか？」

この切り出され方には覚えがある。退職願と離婚届を突きつけられたあのときとまったく同じ台詞で、嫌でも身構えた。

この後の展開を思い出すと、なんとも言えない気持ちになる。

「どうした?」

極力平静を装って返したが、内心では冷や汗をかいていた。千鶴から封筒を差し出されたので俺はおとなしく受け取る。

中身はA4サイズの用紙が折りたたまれて入っている。それから……。

「赤ちゃんを授かりました」

手のひらサイズの薄い感熱紙のようなものを確認したのとほぼ同時に千鶴が告げた。

白黒に写し出されているのは、俗に言うエコー写真だった。

もう一枚は、病院で発行される妊娠証明書で、母子手帳をもらうために必要な書類らしい。

「もう三ヶ月だそうです」

照れているのか恥ずかしそうに話す千鶴を気づけば抱きしめていた。不安から驚愕へ瞬時に気持ちが切り替わり、安堵した後は言い知れない幸福感に包まれる。

しばらく言葉が出てこず、千鶴の温もりを感じながらおもむろに呟く。

「……千鶴には、驚かされてばかりだな」

「すみません。私自身、その、なかなか気づけなくて。宏昌さんもずっとお忙しそうでしたし、どのタイミングで言えばいいのか迷っていて……」

ここにきて自分の最近の行動を猛省する。知らない間に千鶴に負担をかけていたのかもしれない。

なかなか気づけなかったとは言ったが、少なくともある程度、確信を持っていないと病院に行こうとは思わないはずだ。

どうやら俺はまた、彼女に気を使わせてひとりで色々抱え込ませていたらしい。

「次は俺も病院についていくから」

「ありがとうございます。でも──」

「俺が行きたいんだ」

千鶴の言葉を遮ってはっきり言い切る。腕の力を緩め、千鶴の形のいいおでこに自分の額を重ねた。ややあって千鶴が声を震わせて聞いてくる。

「……宏昌さん、嬉しいですか？」

「もちろん嬉しいよ」

安心させるように答えると、彼女の瞳が大きく揺れる。

「私がお母さんになるなんて……なんだか信じられません」

かすかに不安を滲ませた声は、彼女の押し込めていた本音なのかもしれない。それをこうして吐き出してもらえたことに安心する。

「大丈夫。千鶴は千鶴のままでいいんだ。俺もそばにいるから、ふたりで一緒に子どもと向き合っていこう」

悩んだり、心配になるのは、それほど子どものことを千鶴が本気で考えているからだ。

言い聞かせるように柔らかく白い頬を撫でたら、彼女は優しく微笑んだ。

「宏昌さんは、きっと素敵なお父さんになりますね」

「どうだろうな。子どもと千鶴を取り合うかもしれない」

おどけて返すと千鶴が小さく吹き出す。続けて彼女は、頬に触れている俺の手に自分の手のひらを重ねた。

「私、宏昌さんに幸せにしてもらってばかりですね。大好きな人の恋人から妻になって……さらにはその人との子どもを授かれるなんて」

「それは、俺の台詞だよ」

千鶴の噛みしめる言い方に、俺も素直な気持ちで返した。

本当に今、心から幸せだと感じる。

長い間、結婚は家のためにするもので、子どももその延長線上にあった。自分の気持ちは必要ない。すべては義務でそれ以上でもそれ以下でもないと。

けれど千鶴と出会ってその考えも俺自身も変わった。笑ってほしくて、初めて自分の手で幸せにしたいと思えた。他の誰にも譲らない、渡したくない。

いつもどこか冷めていて、味気なく感じていた俺の人生を千鶴が照らして彩っていった。それはこれからもずっと続いていくんだ。

「ありがとう、千鶴。千鶴も子どもも俺が守っていくから。愛しているよ」

さりげなく目尻に口づけると至近距離で視線が交わった。彼女が静かに目を閉じたので、おもむろに唇を重ねる。

自然な流れでより深く求めそうになるのを、すんでのところで止めた。

「そういえば体調は？　その……つわりは？」

詳しくはないが一般的にそれくらいの知識はある。ここ最近、千鶴の体調があまり優れなかったのもおそらく妊娠が原因だろう。

「まだ、そこまで大きなつわりの症状はないみたいです」

はにかみながら視線を落とし、千鶴はまったく膨らみのない自身の腹部に手を当てた。ここに新しい命が宿っているのだと思うと不思議だが、千鶴との子どもなら性別関係なく可愛らしいに違いない。

まだ見ぬ我が子にこうして思いを馳せられるのは、やはり千鶴のおかげだ。慈しみに満ちた表情でお腹を撫でる彼女の姿は母親そのものだった。

愛しさが込み上げて千鶴の額にキスを落とす。顔を上げた彼女と目が合い、先ほどよりもやや強引に自分から口づけた。自制心を保ちつつ角度を変えながら柔らかい彼女の唇を堪能する。どんなに態度や言葉で示しても、溢れんばかりの気持ちをすべて伝えられないのが時折もどかしい。

「あ、あの極力仕事はいつも通りできるように頑張りますから」

名残惜しく唇を離すと、照れ隠しもあるのか千鶴はわざとらしく明るい口調で申し出た。しかし素直に頷けない。

「仕事の心配をしているわけじゃない。もちろん千鶴の気持ちは尊重するよ。ただ、妻を大事にするのは夫の務めだ。子どもを守るのも」

どうしても妊娠、出産に関しては女性だけに変化や負担が生じてしまう。これぱかりはどうしようもないが、その分支えていきたい。

「千鶴?」

反応がないのを不思議に思って問いかけると、彼女は今にも泣き出しそうな顔で笑った。

「宏昌さんにはやっぱり敵いませんね。……でも私、つらいときはちゃんと言います。

遠慮なく甘えます。だから家でも仕事でも宏昌さんのパートナーとしてずっと隣にいさせてください」

出会った頃に見てみたいと思った彼女の幸せそうな笑顔が、今はすぐそばにある。

「俺の方が、千鶴なしでは生きていけないんだ。いつまでもそばにいてほしい」

少しずつ形を変えながらお互いのことをもっと知って、誰よりも大切にしていきたい。かけがえのない相手にやっと巡り会えたんだ。

おもむろに千鶴の左手を取って指を絡めて手を繋ぐ。彼女の左手の薬指には永遠を誓い合った俺とおそろいの結婚指輪がきらきらと輝いていた。

あとがき

はじめましての方もお久しぶりですの方もこんにちは。黒乃梓（くろのあずさ）です。

このたびは『愛されていますが離婚しましょう～許嫁夫婦の片恋婚～』を手に取っていただき、またここまで読んでくださってありがとうございます。

〝突然、離婚を切り出すヒロインに普段はクールなヒーローが思いっきり動揺する〟というシチュエーションを書きたいなと思ったのがこの物語の最初でした。

結果的に、お互いを想い合いながらもすれ違う宏昌と千鶴が、再び向き合うまでをじっくりと書けて大満足です。

あとは作者として、読者さまが少しでも楽しんでいただけるのを願うばかりです。

ちなみにマーマレード文庫としては二作目になる今作ですが、実は前作『初対面ですが結婚しましょう～お見合い夫婦の切愛婚～』の関連作品となっています。

（おかげでタイトルも合わせていただきました。担当さまに感謝です）

前作にもちらっと登場した長男夫婦の物語でした。前作は三男貴斗の話になっていますので、興味を持たれた方はこちらも合わせて楽しんでいただけると嬉しいです。

さてここまできたら（？）果たして次男夫婦の物語はあるのでしょうか？　それは未定ですが、またなんらかの作品でお目にかかれたらと思います。

最後になりましたが、担当さま、美麗な表紙イラストを描いてくださった石田恵美（いしだめぐみ）さま、この作品に携わってくださったすべての方々にお礼を申し上げます。

なにより作品を読んでくださった読者さまに心から感謝いたします。本当にありがとうございます！

それではまた、どこかでお会いできることを願って。

黒乃梓

マーマレード文庫

愛されていますが離婚しましょう

～許嫁夫婦の片恋婚～

2022年1月15日　第1刷発行　定価はカバーに表示してあります

著者　黒乃 梓　©AZUSA KURONO 2022
編集　株式会社エースクリエイター
発行人　鈴木幸辰
発行所　株式会社ハーパーコリンズ・ジャパン
東京都千代田区大手町1-5-1
電話　03-6269-2883（営業）
0570-008091（読者サービス係）
印刷・製本　中央精版印刷株式会社

Printed in Japan ©K.K. HarperCollins Japan 2022
ISBN-978-4-596-31742-1

m a r m a l a d e b u n k o